Das verdrehte Leben der Amélie

© Patrick Lemay

India Desjardins, geboren 1976, schreibt am liebsten für Jugendliche. Die Kanadierin war Redakteurin beim Jugendmagazin »Cool«, bevor sie mit ihrer Reihe »Das verdrehte Leben der Amélie« in Kanada und Frankreich große Erfolge feierte. Der Stoff wurde bereits fürs Kino verfilmt.

India Desjardins

Heimlich verliebt

Aus dem Französischen
von Maren Illinger

Veröffentlicht im Carlsen Verlag
Januar 2016
Mit freundlicher Genehmigung des Franckh-Kosmos Verlages
Originalverlag: © 2006 Les Éditions des Intouchables,
Québec, Canada
Originaltitel: Le journal d'Aurélie Laflamme,
Sur le point de craquer!
Copyright © der deutschsprachigen Ausgabe:
2013 Franckh-Kosmos Verlags-GmbH & Co. KG, Stuttgart
Umschlagbild: Carolin Liepins, München
Umschlaggestaltung: formlabor unter Verwendung des Entwurfs
von init.büro für gestaltung, Bielefeld
Innenillustrationen: Josée Tellier
Corporate Design Taschenbuch: bell étage
Druck und Bindung: CPI books GmbH, Leck
ISBN 978-3-551-31477-2
Printed in Germany

CARLSEN-Newsletter: Tolle Lesetipps kostenlos per E-Mail!
Unsere Bücher gibt es überall im Buchhandel und auf carlsen.de.

Für Roxanne

Januar

Ich bin ein Eintopf!

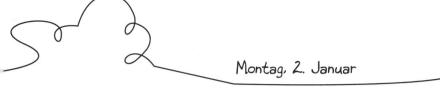

Montag, 2. Januar

Ich bin völlig am Boden. Ich meine damit nicht, dass ich mich auf unserem Teppich so wohlfühle, sondern dass ich total kaputt bin. Ich habe ein wahnsinnig anstrengendes Jahr hinter mir!

Mein persönlicher Jahresrückblick:
- Wegen einer absolut unwichtigen Kleinigkeit habe ich mich mit meiner besten Freundin Kat verkracht. Zum Glück haben wir uns wieder vertragen!!!
- Kat hat sich einen neuen Freund zugelegt: Ham (eigentlich Jean-Luc Hammond). Meiner Meinung nach eine arrogante Nervensäge (darf ich bloß nicht Kat verraten!). Kat hat sich total verändert, allerdings nicht gerade positiv. Wo früher mal ihr Gehirn war, befindet sich jetzt ein Marshmallow. Sie interessiert sich nur noch für Ham!
- Ich habe eine ziemlich abgedrehte Wahnsinnstheorie aufgestellt (oh Mann, so ein Blödsinn …), dass mein Vater nicht tot, sondern (ähm, das ist mir echt peinlich!) ein Außerirdischer ist (…), der auf seinen (tja, oh je) Heimatplaneten zurückgekehrt ist (HAHAHAHAHAHAHA!). Zugegeben, ich fühle mich selbst manchmal wie eine Außerirdische, die bei ei-

ner Expedition durch den Weltraum auf der Erde vergessen wurde (so wie E.T. – nur dass ich ein bisschen ansprechender aussehe, hoffe ich!). Daher fand ich den Gedanken irgendwie beruhigend, dass außerirdisches Blut (haben Außerirdische Blut?) in meinen Adern fließt (haben Außerirdische Adern???).

- Aufgrund mehrerer zwingender Beweise war ich überzeugt, dass meine Mutter eine Affäre mit unserem Schuldirektor hatte. Dabei stimmte das überhaupt nicht! Meine Mutter hat sich nur mit Monsieur Beaulieu (dem Direktor) getroffen, um mein schlechtes Benehmen in der Schule (ich finde ja: absolut angemessenes Benehmen) zu besprechen. Und nicht aus irgendwelchen »romantischen« Gründen! Nachdem sie nach dem Tod meines Vaters jahrelang getrauert hat, hat sie mir jetzt allerdings eröffnet, dass sie sich einen Freund suchen will (kotz!). Und zwar im Internet (oh Mann!).

- Da wir gerade bei meiner Mutter sind: Gegen meinen Willen und rein zufällig habe ich erfahren, dass sie String-Tangas trägt! Das hat mich echt traumatisiert!

- Meine Noten waren im letzten Halbjahr nicht gerade toll, aber ich arbeite dran. In Französisch hat es schon was gebracht! Bei einer Aufgabe, die die Hälfte der Halbjahresnote ausmacht, habe ich mich richtig angestrengt. Und obwohl ich im Französisch-Begabtenkurs die Schlechteste bin, habe ich die beste Note bekommen! Ich habe ein Gedicht geschrieben, das meine Lehrerin total begeistert hat. Ich bin fest entschlossen, noch viele weitere solcher Gedichte zu schreiben!

– Mein schönstes Geschenk zu Weihnachten war ein Kätzchen (Sybil, die allersüßeste kleine Katze des gesamten Planeten!!!). Außerdem habe ich bekommen: ein neues Tagebuch (von meiner Tante Louise), Mangas (von meiner Mutter und meiner Tante) und einen iPod (von meinen Großeltern Charbonneau und meiner Großmutter Laflamme, die es tatsächlich mal geschafft haben, sich zusammenzutun!!!).
Abgesehen davon, dass mein Vater nicht da war, war es eines der besten Weihnachtsfeste, die ich je erlebt habe!

– Ach ja, und außerdem habe ich … geknutscht (hihihi!). Mit Nicolas. Das ist ein Typ, den ich letzten Herbst kennengelernt habe und der total gut nach Weichspüler riecht. Und sein Mund (ja, genau, der Mund, ich war nämlich ganz nahe dran) riecht nach Melonenkaugummi. Allerdings haben wir uns seitdem nicht mehr gesehen. Ich traue mich nicht, einfach bei der Zoohandlung vorbeizugehen, in der er arbeitet. Dabei habe ich nur dank ihm meine kleine Sybil bekommen. (Er hat sie extra für mich aufgehoben: Wie süß ist das denn!) Wir haben also seit unserem Kuss am 23. Dezember nichts mehr voneinander gehört.

14:12

Ich liege auf meinem Bett und drehe mich auf den Rücken. Bis jetzt habe ich auf dem Bauch liegend geschrieben und dabei ist mir der Arm eingeschlafen. Sybil sitzt am Fußende und ist ganz gefesselt vom Lichtreflex meiner Uhr an der Wand (ich wackele absichtlich mit dem Handgelenk, es sieht so lustig aus, wenn sie versucht, die Spiegelung zu fangen). Ehe ich mich an die Liste meiner guten Vorsätze fürs neue Jahr mache, spiele ich mit ihr. Zwischendurch muss ich sie einfach in den Arm nehmen und ihr jede Menge Küsschen auf ihre rosa Nase geben. Ich kann nicht anders. Sie ist so süß! Bei allem, was sie tut, sieht sie niedlich aus: Wenn sie sich kratzt, wenn sie sich putzt, wenn sie »Miauuuu« macht, wenn sie mit irgendeinem kleinen Gegenstand spielt … Ich hab sie so lieb! Und ich bin sicher, dass sie eine überdurchschnittlich intelligente Katze ist! Wir mussten ihr nicht mal beibringen, ihr Katzenklo zu benutzen. Sie ist ganz von allein reingegangen! Seit sie bei uns ist, schläft sie bei mir im Bett. Es ist, als wüsste sie, dass mein Zimmer *ihr* Zimmer ist.

Neulich hat meine Mutter eine ganze Stunde damit verbracht, Sybil Küsschen zu geben. Dabei sagte sie jedes Mal »Küsschen!«, wenn sie sich zu ihr beugte. Natürlich total albern. Aber seitdem reckt Sybil immer, wenn wir »Küsschen« sagen, ihre kleine Schnauze in die Luft, als wüsste sie, was wir meinen! Sie ist supersupersupersüß!

Meine Mutter hat vorgeschlagen, dass wir Sybil nur im Haus halten und nicht auf die Straße lassen. Das finde ich gut. Ihr darf auf keinen Fall etwas zustoßen. Niemals! Ich habe Sybil versprochen, sie nie allein zu lassen. Während der Feiertage habe ich sie zu all unseren Verwandten mitgenommen, und alle fanden sie un-glaub-lich süß!

14:30

Meine guten Vorsätze fürs neue Jahr:

1) Meiner Mutter mehr im Haushalt helfen. Sie bittet mich oft darum, und ich könnte mich zugegebenermaßen etwas koperativer zeigen … oder heißt es *kooperativ*? Wie schreibt man das noch mal?

2) Wörter, die ich nicht kenne, im Wörterbuch nachschlagen. (Ko**o**perativ, na also! Schon einen Vorsatz gehalten!)

3) Mich nicht mehr mit Kat streiten. (Was bedeutet, dass ich mich an Kats Regeln halten muss: Niemandem verraten, dass wir mal Popstars cool fanden, die mittlerweile total out sind; nicht erzählen, dass wir immer noch Kinderfilme wie *Arielle, die Meerjungfrau* mögen und keinem Jungen erlauben, unsere Freundschaft kaputt zu machen.)

4) Kat nicht gestehen, dass ich Ham total *affektiert, angeberisch, arrogant, aufgeblasen, blasiert, dünkelhaft, eitel, großspurig, herablassend, hochnäsig, prahlerisch, protzig, selbstherrlich, stolz, überheblich, überkandidelt, vermessen, versnobt* und *wichtigtuerisch* finde. (Mein Wörterbuch-Vorsatz ist echt super! Wahnsinn, wie viele Wörter es gibt, um Ham zu beschreiben!)

5) Meine Noten verbessern. Ich bin echt mies in Englisch. Und Mathe. Und Erdkunde. In Französisch bin ich ganz gut, immerhin bin ich im sogenannten »Begabtenkurs«, aber unter den ganzen Strebern dort bin ich leider die Schlechteste. Das muss sich ändern. Vielleicht sollte ich mehr Gedichte schreiben? Hier ist eins:

Ein Skater, so charmant,
küsste mir die Hand.
Zum Glück ist er ... kein ... Elefant?
Lieferant? Spekulant?
Oh, wie liebe ich ... Reime auf »ant«!

(An meiner Dichtkunst muss ich wohl noch arbeiten. Aber an dem Gedicht, für das ich die gute Note bekommen habe, habe ich auch sehr lange herumgetüftelt. Das war ja jetzt gerade aus dem Stegreif ...)

6) Mehr Sport treiben.

7) Mich nicht zu sehr in die »Nicolas-Geschichte« reinsteigern. (Das Skater-Gedicht hat übrigens absolut *nichts* mit ihm zu tun. Das war ... eine rein zufällige Übereinstimmung!)

Ich würde meinen ersten Kuss gerne als eine wichtige Erfahrung betrachten und nicht als eine potenzielle *Lovestory*. Wenn ich an allen meinen Vorsätzen festhalten will, habe ich das kommende Jahr ohnehin mehr als genug zu tun. Sollte ich dann auch noch so werden wie Kat und meine ganze Energie in einen

Jungen stecken, erreiche ich meine Ziele bestimmt nicht. Ich habe keine Lust, mein Gehirn gegen ein Marshmallow auszutauschen und mein ganzes Leben für einen Typen auf den Kopf zu stellen! Das Blöde ist nur, dass es total peinlich sein wird, Nicolas wiederzusehen. Wie verhält man sich in so einer Situation? Zum Glück stellt sich das Problem momentan nicht, weil wir uns seit besagtem »Ereignis« nicht mehr gesehen haben. Ha! Er ist doch wohl nicht von Außerirdischen entführt worden?

8) Nicht mehr alle Probleme den armen Außerirdischen in die Schuhe schieben.

9) Nicht von einem weiteren Treffen mit Nicolas träumen. (Vielleicht sollte ich ein Wiedersehen sogar lieber vermeiden? Oder am besten gleich umziehen …)

10) Meiner Mutter vorschlagen umzuziehen!

18:00

Meine Mutter will von einem Umzug nichts wissen. Ich habe ihr den Vorschlag beim Abendessen unterbreitet (es gab Steak, Kartoffeln und Broccoli … bäh, mit Broccoli kann man mich jagen!). Ich habe alles versucht: Mein Zimmer sei zu klein, das Haus sei zu unordentlich (ich dachte, damit würde ich sie kriegen), ich würde immer meinen Broccoli essen, usw. Sie hat sich nicht erweichen lassen. Stattdessen hat sie gefragt, warum ich auf einmal unbedingt umziehen wolle. Ich habe ihr natürlich nicht gesagt, dass ich mit einem Jungen geknutscht habe und ihn jetzt lieber nicht wiedersehen will. Manche Dinge behält man besser für sich. Also entgegnete ich nur, ein Tapetenwechsel würde uns sicher guttun. Meine Mutter stimmte mir sofort zu und schlug vor, gemeinsam das Haus zu renovieren. Sie meinte, wir könnten die Wände neu streichen, das wäre doch schön! Sie war ganz aufgeregt. Na toll, herzlichen Glückwunsch, Amélie! (Das ist jetzt ironisch gemeint.) Da habe ich mir gerade vierzigtausend Jahre Arbeit eingehandelt Und dabei habe ich doch jetzt schon viel zu viel zu tun!

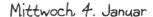

Mittwoch, 4. Januar

Meine Mutter hat sich zu Weihnachten einen neuen Laptop gekauft. Ihre Eltern haben die Hälfte dazu beigesteuert. Das ist echt cool, weil ich meinen neuen iPod daran anschließen kann. Bei unserem alten Computer war das Internet so lahm, dass man eine Million Jahre brauchte, um eine Seite zu laden. Seit sie den neuen Laptop hat, ist sie die ganze Zeit am *Chatten*. Sie hat ihren Plan wahrgemacht und sich bei einer Dating-Plattform im Internet angemeldet, und jetzt ist sie geradezu süchtig.

19:15

Während wir den Schmuck vom Weihnachtsbaum abhängen, frage ich mich (im Stillen, denn es ist ja ein Geheimnis), warum Nicolas nicht versucht hat, mich zu treffen oder anzurufen. Na gut, er hat meine Nummer nicht. Nachdem wir uns geküsst haben, waren wir beide ziemlich durcheinander. Er ist zurück in die Zoohandlung und ich bin nach Hause gegangen (oder besser gesagt, auf einer Wolke nach Hause geschwebt). Aber eine Telefonnummer lässt sich doch rauskriegen, wenn man ein bisschen erfinderisch ist. Das heißt also, er ist nicht erfinderisch! Und wer will schon einen einfallslosen

Freund? Ich jedenfalls nicht! In Anbetracht meiner Vorsätze fürs neue Jahr habe ich sowieso keine Zeit für Ro-
mantik. Außerdem war bislang immer *ich* es, die zu ihm
gekommen ist! O.k., nicht wirklich zu *ihm*, sondern in
die Tierhandlung (um Sybil zu sehen). Aber trotzdem, er
könnte sich auch mal ein bisschen anstrengen! Na gut, es
sind gerade Weihnachtsferien und vielleicht muss er, wie
Kat, jede Menge Verwandte besuchen, die in den hin-
tersten Ecken Quebecs wohnen. Vielleicht ist er gerade
irgendwo am A... der Welt, wo es kein Telefon gibt oder
so. (Pfff! Als wäre das heutzutage überhaupt noch möglich!)

19:20

Oh neeiiiiiiiiin! Jetzt tue ich genau das Gegenteil meines
guten Vorsatzes! Ich steigere mich in die Sache rein und
verwandle mein Gehirn in ein Marshmallow! Das ist
schlecht. Sehr, sehr schlecht.

Aber das überrascht mich nicht. Es fällt mir immer
schwer, mich an meine Vorsätze zu halten. Letztes Jahr
habe ich mir vorgenommen, keine Chocolate-Chip-
Cookies mehr zu essen. Eine Stunde nachdem ich diesen
Vorsatz niedergeschrieben hatte, habe ich EINE GAN-
ZE PACKUNG GEGESSEN! Außerdem hatte ich mir
vorgenommen, ein Schwimm-Champion zu werden. Ich
bin einem Schwimmclub beigetreten, habe an einem
Wettkampf teilgenommen und war soooooooo lahm,
dass sie mit der nächsten Runde angefangen haben, noch
bevor ich überhaupt mit meiner Bahn fertig war (bin ich

unsichtbar, oder was?). Ich bin umgehend wieder aus dem Club ausgetreten. Nicht etwa, weil ich inkonsequent bin, sondern weil ich eine gewisse Würde habe, die ich gerne bewahren möchte. Und weil mir an jenem Tag klar wurde, dass ich gegen jegliche Art von Wettkampf bin (dass ich das genau an diesem Tag feststellte, war natürlich reiner Zufall).

19:23

Meine Mutter (während sie eine Weihnachtsbaumkugel in die Schachtel legt): »Woran denkst du, mein Mäuschen?«

Ich: »Ähm … äh …« (bloß nichts von Nicolas sagen!) »Äh … ich muss gerade daran denken, wie sie beim Schwimmwettkampf die nächste Runde gestartet haben, obwohl ich noch gar nicht fertig war.«

Meine Mutter: »Ach mein armes Schätzchen!« (Sie nimmt mich in den Arm.) »Mach dir nichts draus. Ich finde, du hast dich sehr tapfer geschlagen!«

Oh je!

Donnerstag, 5. Januar

Ich habe beschlossen, mir nichts daraus zu machen, dass Nicolas sich nicht meldet. Ich bin bis jetzt – und zwar vierzehn Jahre lang – bestens klargekommen, ohne mit ihm zu telefonieren. Ich glaube, ich kann auch die nächsten siebzig Jahre gut darauf verzichten.

18:01

Nach dem Essen ist meine Mutter im Gegensatz zu mir voller Tatendrang.
Meine Mutter: »Komm, Amélie, wir gehen in den Baumarkt und suchen neue Farben für die Wände aus!«
Ich: »*Chattest* du heute nicht?«
Meine Mutter: »Ich habe eine Bildschirm-Überdosis! Ich muss mal raus! Und du auch. Na komm, das wird uns beiden guttun!«
Ich: »Hm ... Ich würde ja gerne mitkommen, aber ich muss hierbleiben, weil ... äh ... Sybil krank ist.«
Meine Mutter mustert Sybil, die munter nach dem Gürtel ihres Mantels springt.
Meine Mutter: »Krank?«
Ich: »Sie hat eine seltene Erkrankung des ... Gehirns. Ich glaube, wir sollten sie besser nicht aus den Augen lassen. Sie könnte etwas kaputt machen. Wenn wir zurück-

kommen, ist hier vielleicht ein Riesenchaos und deine Sessel sind alle zerkratzt. Oder so.«

Meine Mutter: »Deine Katze bringt keine fünfhundert Gramm auf die Waage! Bis die was kaputt machen kann, dauert es noch eine Ewigkeit. Na los!«

To do: Sybil Vitamincocktails verabreichen, damit der Grund »schreckliche Hausverwüstung durch Katze« möglichst bald ein glaubhaftes Alibi wird, um nicht mit in den Baumarkt zu müssen!

18:30

Meine Mutter und ich sind in der Farben-Abteilung. Unsere Wände haben schon ewig denselben Anstrich. Ich kann mich nicht erinnern, wann wir das letzte Mal renoviert haben. Mein Vater muss noch gelebt haben. Also ist es mindestens fünf Jahre her.

19:05

Wie lange stehen wir jetzt schon vor der Farbpalette? Eine E-wig-keit! Es gibt jede Menge Farben, die alle gleich aussehen, bis auf eine winzige Schattierung, die angeblich erst an der Wand sichtbar wird. Und diese Baumarkt-Musik ist echt deprimierend. Aber meine Mutter will nicht, dass ich Musik von meinem iPod höre, weil sie meint, das hindere uns am Kommunizieren (seufz).

Ich: »Mama, willst du echt renovieren?«

Meine Mutter (aufgekratzt): »Ja. Deine Idee war wirklich genial!«

21

Ich: »Hm. Na ja.«

Meine Mutter: »Was ist? Hast du deine Meinung geändert?«

Ich: »Ich weiß nur nicht, ob der Zeitpunkt so günstig ist. Ich habe so viele gute Vorsätze fürs neue Jahr und ich will wirklich bessere Noten in der Schule kriegen ... und, äh ... dir mehr im Haushalt helfen. Allein diese beiden Vorsätze sind echt zeitaufwendig. Und du ... vernachlässigst deinen Plan, einen Freund zu finden. Kann doch sein, dass du erst ewig chatten musst, bevor du den Richtigen findest. Wenn wir jedes Wochenende streichen, wird das schwierig.«

Mein Argument schlägt ein wie eine Bombe. Ich erkenne es am Gesicht meiner Mutter.

Meine Mutter: »Hm ... vielleicht hast du recht.« (Sie betrachtet die Farbkarten in ihrer Hand.) »Und sag mal ... es würde dich nicht stören, wenn ich einen Freund habe?«

Ich: »Nein.« (Besser gesagt: Doch. Aber es kann ja noch ewig dauern, bis du einen findest! Haha!)

Meine Mutter schaut mich an und mustert dann wieder die Karte im Farbton »Eiskaffee« in ihrer Hand. Schließlich sagt sie, es sei eine gute Idee, bis zum Frühjahr zu warten. Vor allem, weil wir dann bei offenem Fenster streichen können. Sie meint, vielleicht hätte sie sich zu schnell in diese Idee hineingesteigert. Sie sei gerade sozusagen im »Veränderungsrausch«.

Ich habe trotzdem die Farbkarte »Kirschrot« eingesteckt. Ich glaube, der Ton könnte in meinem zukünftigen Zimmer ganz gut aussehen.

19:15

Als wir an den Gartenmöbeln vorbei auf den Ausgang zusteuern, steigt mir plötzlich ein superguter Geruch in die Nase.

Ich: »Mama, verkaufen die hier auch Weichspüler?«

Meine Mutter: »Keine Ahnung … würde mich nicht wundern. Hier gibt's ja so gut wie alles!«

Es riecht genau wie der Weichspüler von Nicolas! Wenn ich herausfinde, woher der Geruch kommt, könnten wir die gleiche Sorte kaufen. (Nicht, dass ich so riechen will wie er, aber … scheint eine gute Marke zu sein.) Ich recke meine Nase in die Luft, schnuppere und stolpere … direkt in seine Arme! Ich mache einen Satz zurück und quietsche »Aaaah!«. Mist. Total auffällig.

Meine Mutter (laut): »Das ist er, Amélie! Das ist der Junge, der mir Sybil verkauft hat!«

Diskretion scheint in meiner Familie ein Fremdwort zu sein. Ich bin immer noch starr vor Schreck. Nicolas ist mit seinem Vater unterwegs. Plötzlich habe ich Panik, er könnte auf die Idee kommen, mich vor unseren Eltern zu küssen. Schnell tue ich so, als würde ich mich brennend für einen Klappstuhl interessieren.

Ich: »Guck mal, France, so ein schöner Klappstuhl. Genau das, was wir suchen!«

Keine Ahnung, warum ich meine Mutter plötzlich beim Vornamen nenne. Ist mir einfach so rausgerutscht. Meine Mutter sieht erst mich an, dann Nicolas, und ich habe den Eindruck, dass sie alles durchschaut.

Meine Mutter (zu Nicolas): »Vielen Dank noch mal für die kleine Katze! Wir sind so froh, dass wir sie haben.«

Nicolas: »Gern geschehen. Wie geht's dir, Amélie?«

Ich: »Gut. Und dir?«

Meine Mutter (hält seinem Vater die Hand hin): »Hallo. France Charbonneau.«

Vater von Nicolas (ergreift lächelnd die Hand meiner Mutter): »Yves Dubuc.«

Meine Mutter: »Yves, ich bräuchte mal einen fachmännischen Rat zu unserem Grill. Wir haben das gleiche Modell wie das dahinten.«

Meine Mutter verschwindet mit Nicolas' Vater ein Stück den Gang hinunter. DABEI HABEN WIR ÜBERHAUPT KEINEN GRILL. UND ES IST TIEFSTER WINTER!!! Meine Mutter ist echt gewieft.

19:22

Nicolas (schaut zu unseren Eltern rüber): »Deine Mutter ist cool.«

Ich: »Dein Vater ist nicht zufällig Single? Nicht, dass meine Mutter sich in den Vater eines Typen verknallt, den ich … äh …«

Nicolas: »… den du was?«

Ich: »Den ich … äh … den ich kenne.«

Nicolas: »Haha, keine Angst! Der hat schon eine Freundin!«

Ich: »Ah. Umso besser. Übrigens, äh … danke … für Sybil. Meine Mutter hat erzählt, dass du sie für mich reserviert hattest.«

Nicolas: »Ich habe gesehen, dass es zwischen euch gefunkt hat. Es wäre schade gewesen, euch auseinanderzureißen.«

Ich spüre plötzlich, dass meine Beine zittern, und bin etwas benebelt von seinem guten Weichspüler-Duft.

Ich: »Was ich dich schon die ganze Zeit fragen wollte, äh … was nimmt deine Mutter … oder die Freundin deines Vaters … oder dein Vater … oder jedenfalls die Person, die bei euch die Wäsche macht, für einen Weichspüler?«

Nicolas: »Hahaha! Keine Ahnung!«

Ich: »Hm.«

Nicolas: »Hattest du schöne Feiertage?«

Ich: »Ja.«

Nicolas: »Frohes neues Jahr, übrigens.«

Ich: »Frohes neues Jahr.«

Nicolas: »Ich wollte dich anrufen, aber … wir haben keine Nummern ausgetauscht.«

Ich: »Mmmh.«

Ein Verkäufer kommt vorbei und Nicolas bittet ihn um seinen Stift. Dann nimmt er meine Hand, schreibt eine Telefonnummer darauf (vermutlich seine, irgendeine andere Nummer aufzuschreiben hätte ja keinen Sinn) und malt ein Smiley daneben. Er sagt:
»Ruf mich an!«

19:56

Im Auto grinst meine Mutter in sich hinein, aber sie stellt mir keine Fragen. Puh! Ich bin noch nicht bereit, ihr alles zu erzählen. Ich sage nur:

25

»Na, weißt du jetzt, wie der Grill funktioniert?«
Darauf brechen wir beide in Lachen aus.

20:00

Als ich mir gerade die Hände waschen wollte, habe ich
gemerkt, dass ich immer noch Nicolas' Nummer auf dem
Handrücken hatte (die hatte ich tatsächlich total vergessen!). Ich habe sie vorsichtshalber in mein Adressbuch
geschrieben, nur für den Fall, dass ich sie eines Tages
brauchen könnte.

**Mögliche Fälle, in denen ich seine Nummer brauchen
könnte:**
– Sybil läuft weg. (Nicolas weiß, wie sie aussieht, und er
  hängt an ihr, weil er sie kennt, seit sie klein ist. Also
  könnte ich ihn bitten, mir beim Suchen zu helfen.)
  P.S.: Ich hoffe, dass dieser Fall niemals eintritt (nicht,
  dass Nicolas mir hilft, sondern dass Sybil wegläuft).
– Ich vergesse meinen Schlüssel, stehe vor der Tür und
  kann niemanden erreichen. Irgendjemand muss mir
  helfen. (Für diesen Fall müsste ich seine Nummer auswendig lernen, denn ohne Schlüssel könnte ich ja auch
  nicht in meinem Adressbuch nachgucken.)
– Ich lasse die Badewanne überlaufen und das Haus
  steht unter Wasser. (Vielleicht kennt er einen Klemp-
  ner?)
– Beim Stöbern im Kleiderschrank meiner Mutter fällt
  die Kleiderstange runter und ich kann sie allein nicht
  wieder anbringen. (Meine Mutter würde mich ganz

schön zur Schnecke machen, wenn sie wüsste, dass ich in ihrem Kleiderschrank rumgewühlt habe. Und Kat wäre für diese Aufgabe nicht zu gebrauchen.)
- Ich bin allein zu Hause, mache mir Toast und bin nicht in der Lage, das Glas … äh … Himbeermarmelade zu öffnen. Nachdem ich alle möglichen Leute angerufen und niemanden erreicht habe, müsste ich es wohl bei Nicolas probieren. Schließlich soll der Toast nicht vergeudet werden! (Ich merke schon, das ist nicht wirklich überzeugend. Ich könnte zum Beispiel stattdessen einfach Erdnussbutter nehmen. Aber vermutlich würde es gar nicht erst zu dieser Situation kommen, weil meine Mutter ohnehin mal wieder keine Vorräte eingekauft hätte und nur ein einziges, bereits geöffnetes Glas Marmelade im Haus wäre …)

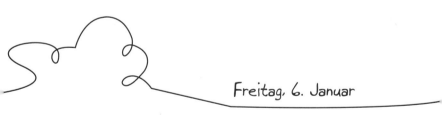

Freitag, 6. Januar

Kat ist wieder da! Endlich!!!!!!!!!
Als sie anrief, schaute ich gerade einen Film im Fernsehen (in den Weihnachtsferien laufen echt gute Filme!). Aber es machte mir nichts aus, den Film zu unterbrechen, weil ich 1) seit einer Ewigkeit nicht mehr mit Kat

geredet und 2) das mit den guten Filmen ironisch gemeint habe!

14:56

Wir telefonieren schon seit einer Stunde. Kat hat jede Menge Geschenke bekommen, darunter auch die neue Version von *Dance Dance Revolution* für ihre Playstation. Darüber hat sie sich wahnsinnig gefreut, weil sie bislang nur das Spiel *Britney Spears Dance Beat* hatte. Und weil auf keinen Fall jemand erfahren soll, dass sie mal Britney-Spears-Fan war, spielt sie es nicht mehr und bewahrt es in einem Versteck auf. Sie ist dann immer ins Jugendzentrum gegangen, um zu *Dance Dance Revolution* zu tanzen, aber mit der Zeit ging das ins Geld, weil man jedes Mal bezahlen musste. Da ich in dem Spiel nicht besonders gut bin (besser gesagt: unterirdisch schlecht), hat sie angeboten, ich könne bei ihr üben.

14:59

Vorm Auflegen hat Kat beteuert, dass ich ihr wahnsinnig gefehlt habe! Ich habe erwidert: »Du mir auch!!!!!!!!!!!!!«
Darauf sie:
»Tut mir leid, dass ich mich so lange nicht gemeldet habe. Ich durfte pro Tag nur ein Fünf-Minuten-Gespräch führen, und da habe ich natürlich Ham angerufen.«
Ich: *»Jeden Tag?«*
Kat: »Ja, aber er ist ja auch mein Freund! Ich treffe mich übrigens gleich mit ihm … und morgen … und Sonntag auch.«

Ich: »Und *ich*?«

Kat: »Wir sehen uns doch in der Schule, am Montag, am Dienstag, am Mittwoch, am Donnerstag und am Freitag! Ham geht schließlich nicht auf unsere Schule …«

Ich: »Natürlich nicht! Die Schule ist ja auch für M-Ä-D-C-H-E-N!«

Kat: »Kannst du das nicht verstehen? Ich habe ihn so lange nicht gesehen und werde ihn auch die ganze nächste Woche nicht sehen können.«

Ich höre Kats Schwester Julianne im Hintergrund rufen: »Schnulz, schnulz!«

Kat (zu ihrer Schwester, bestimmt nicht zu mir): »Arrrgh! Halt die Klappe! Ich telefoniere!«

Ich: »Mmmh ja … verstehe. Ich freue mich jedenfalls darauf, dich wiederzusehen!«

Kat: »Ich mich auch!«

Eine Sache, die in meinem Leben nichts zu suchen hat: Die Liebe. KOTZ!

P. S.: Eigentlich wollte ich mich mit Kat treffen, um ihr endlich – und nicht am Telefon – von meinem Zungenkuss mit Nicolas zu erzählen. Aber wenn sie sich lieber mit Ham treffen will, bitte! Dann erfährt sie meine Superneuigkeit eben nicht! Ein bisschen Rache muss sein.

Samstag, 7. Januar

Meine Mutter *chattet* immer noch. Von wegen Bildschirm-Überdosis! Ich weiß nicht, ob ich mich freuen soll, weil ihr das bestimmt guttut. Oder ob ich mir nicht eher Sorgen machen muss, weil man nie wissen kann, an was für Typen sie da gerät. Sie könnte von irgendwelchen Frauenhändlern entführt werden oder so. Meine Mutter sieht echt toll aus und würde bestimmt einen guten Preis erzielen. Jemanden im Internet kennenzulernen kann echt gefährlich sein. Puh, nicht gleich durchdrehen! Im Moment *chattet* sie ja nur.

Mittags
Ich esse ein Truthahn-Sandwich und schaue dabei Musikvideos auf MusiquePlus. Ich bin echt fasziniert von einem Clip, in dem eine Sängerin einen String-Tanga über der Jeans trägt. Das ist doch total unhygienisch! Ich dachte, Unterhosen sind dazu da, die Kleidung zu schützen. Was bringt es, sich die *Unter*hose *über* die Jeans zu ziehen? Oder benutzt sie ihre Jeans wie Unterhosen und zieht jeden Tag eine frische an? Vielleicht trägt sie ja sowohl *unter* als auch *über* der Jeans eine Unterhose. Mann, die muss echt auf Unterhosen stehen. Ich finde, das sieht ziemlich blöd aus. Genauso blöd, wie Socken über den

Schuhen zu tragen. Hoffentlich kommt meine Mutter nicht auf die Idee, das mal mit ihren Tangas auszuprobieren.

12:10
Mir ist megalangweilig.

12:15
Aber so richtig!

12:20
Mir ist so richtig megalangweilig!!!!!!!

12:25
Ich dachte, ich würde meine letzten Ferientage mit Kat verbringen. Aber die verbringt ihre letzten Ferientage mit Ham. Eine andere beste Freundin, die ich anrufen könnte, um etwas zu unternehmen, habe ich nicht. In jedem Fall würde es so aussehen, als bräuchte ich einen Lückenbüßer.
Sollte ich vielleicht, um mir nicht die Ferien komplett zu verderben, Nicolas anrufen?
Wirklich nur, um mir nicht die Ferien zu verderben. Man könnte die Situation ja fast schon als Notfall bezeichnen. Als sozialen Notfall, sozusagen.

14:12
Erst muss ich Nicolas' Nummer auswendig lernen, vorher fühle ich mich nicht bereit ihn anzurufen. Mann, die

Nummer ist echt nicht einfach zu merken. Und was soll ich bloß zu ihm sagen? Aber *er* hat mich ja aufgefordert, ihn anzurufen, also hat er vielleicht *mir* etwas zu sagen und ich muss gar kein Gesprächsthema finden. Ich könnte zum Beispiel sagen, dass es echt unhöflich ist, anderen Leuten auf die Hand zu schreiben. Nein, das ist zu aggressiv. Vielleicht eher: »Bist du gut im Marmeladengläseröffnen?« Hahaha! Nein, was für ein Schwachsinn.

14:15
O. k., ich bin bereit. Ich rufe ihn an.

14:15 (und 30 Sekunden)
Ahhhhh, doch nicht! Ich kann nicht! Hihihihihihi!

14:16
Na gut, ich mach's.

14:16 (und 30 Sekunden)
Hihihihihihihi! Neeeeeiiiiiiiiiin!

14:17
Wenn ich es jemals schaffe, ihn anzurufen, darf ich auf keinen Fall auf den 23. Dezember zu sprechen kommen, den Tag, an dem wir uns geküsst haben.

14:17 (und 30 Sekunden)
O. k. Ich wähle seine Nummer. Uuuaaah! Ich werde rot. Es klingelt. Hilfeeeeeeeee!

Jemand hebt ab. Aaaaaaaaaaaaaaah! Es ist eine Frau.

Ich: »Äh … ja, hallo. Äh … könnte ich Nicolas sprechen, bitte?«

Die Frau (bestimmt die Freundin seines Vaters): »Nicolas ist nicht da. Kann ich ihm etwas ausrichten?«

Ich: »Äh … nein. Danke. Ich rufe später noch mal an.«

Ach Mist! Und dabei war ich doch endlich bereit!

Wann ist der beste Zeitpunkt, um noch mal anzurufen? In einer Stunde? Oder morgen? Ich habe so verdammt lange gebraucht, um mich vorzubereiten, und jetzt war ich endlich so weit. Was für eine Verschwendung mentaler Vorbereitung! Nein, ich kann nicht noch mal anrufen. Das käme echt uncool.

15:14

Es sei denn, ich verstelle meine Stimme. Dann kann die Frau ihm nicht sagen, dass zweimal dasselbe Mädchen angerufen hat, weil sie es gar nicht merkt!

15:16

O.k., los geht's! Es klingelt. Ein Mann meldet sich. Jetzt bin ich total verwirrt! Ich hatte mich darauf eingestellt, mit veränderter Stimme zu reden. Aber während ich nach Nicolas frage, fällt mir auf, dass das unnötig ist, weil der Mann meine Stimme beim ersten Mal ja gar nicht gehört hat (es sei denn, sie nutzen den Lautsprecher). Das Ganze klingt also in etwa so:

Ich (mit verstellter tiefer Stimme): »Könnte ich ...«

Ich (mit höher werdender Stimme): »... bitte ...«

Ich (mit meiner eigenen Stimme, etwas schneller als sonst): »... mit Nicolas sprechen?«

Der Mann (vermutlich Nicolas' Vater): »Er ist gerade nicht zu Hause. Kann ich ihm etwas ausrichten?«

Ich: »Äh, nein, danke. Ich melde mich später noch mal.« (NIE WIEDER!)

Der Mann (vermutlich Nicolas' Vater): »Bist du das, Amélie?«

Ich: »Äh ... Nein. Tut mir leid, Sie haben sich verwählt.« (Oh Gott, was für ein Schwachsinn! Ich habe doch selbst angerufen!) »Tschüss!«

Oh, Mist! Ich hätte mit meinem Anruf doch bis heute Abend warten sollen.

16:34

Das Telefon klingelt! *Yes!* Endlich passiert was! Das ist garantiert meine Großmutter Charbonneau, die wissen will, ob meine Mutter ihren neuen Laptop benutzt. Ich werde ihr sagen, dass sie nahezu mit ihm verheiratet ist!

Ich: »Hallo?«

Jungenstimme: »Hallo Amélie! Hier ist Nicolas.«

Ich: »Oh. Hi ...«

Nicolas: »Wie geht's?«

Ich: »Ganz o. k. Und dir?«

Nicolas: »Du hast angerufen?«

Ich: »Nein!«

Nicolas: »Ach so … Was machst du?«

Ich: »Och, nichts. Und du?«

Nicolas: »Nichts Besonderes.«

Ich: »Ah.«

Nicolas: »Ähm, hast du vielleicht Lust, morgen was zu unternehmen?«

Ich: »Was denn?« (Ich werde bestimmt nicht meinen ganzen Tag nach ihm ausrichten … es sei denn, er schlägt was richtig Cooles vor.)

Nicolas: »Wir könnten *Mario Kart* spielen.«

Ich: »O. k.« (*Mario Kart ist* richtig cool. Dafür kann ich schon mal meinen Abhängmodus aufgeben.) »Bei dir?«

Nicolas: »Meine Eltern sind morgen Nachmittag nicht da.«

Ich: »Ah. O. k.«

Nachdem ich seine Adresse und die Uhrzeit unserer Verabredung (uhhhh!) notiert habe, fällt mir noch etwas ein.

Ich: »He, woher hast du eigentlich meine Nummer?«

Nicolas: »Die Nummer deiner Mutter stand zweimal auf unserer Anruferliste!«

Ahh! Mann, bin ich doof!

Sonntag, 8. Januar

Gibt es irgendein Gesetz, das Müttern verbietet, den ganzen Tag lang im Netz nach dem Mann fürs Leben zu suchen? Nein, gibt es nicht! Ich habe »Gesetz gegen Mütter, die den ganzen Tag lang im Netz nach dem Mann fürs Leben suchen« bei Google eingegeben (als ich mal für ein paar Sekunden an den Laptop meiner Mutter konnte, während sie auf dem Klo war). Die Antwort lautete: »*Keine Ergebnisse für ›Gesetz gegen Mütter, die den ganzen Tag lang im Netz nach dem Mann fürs Leben suchen‹ gefunden.*« Da kam auch schon meine Mutter vom Klo zurück und war total panisch, weil sie dachte, ich hätte ihr Chatfenster geschlossen. Ich habe ihr erklärt, dass man über »Datei« und »Neues Fenster« mehrere Seiten gleichzeitig öffnen kann. Sie entgegnete, ich zitiere: »Super! Dann kann ich ja mit mehreren Jungs gleichzeitig chatten.« (Sie hat nicht gesagt: »Herren« oder »Männer«, wie ich die Typen genannt hätte, die für sie infrage kommen. Sie hat gesagt: »Jungs«. Welches Alter hat denn bitte ihr zukünftiger Freund?)

Diese Sache hat mich immerhin auf andere Gedanken gebracht. Seit dem Aufwachen bin ich supernervös, weil ich mich heute Nachmittag mit Nicolas treffe.

14:31

Ich stehe vor Nicolas' Haus. Wir hatten 14:30 ausgemacht. Aber Kat hätte mir bestimmt geraten, etwas später zu kommen. Da 14:31 zu kurz nach 14:30 ist, verstecke ich mich hinter einer Fichte neben seiner Haustür. Ich werde bis 14:36 warten.

14:33

Nicolas' Gesicht taucht plötzlich zwischen den herabhängenden Ästen der Fichte auf. Ich zucke zusammen.

Nicolas: »Amélie? Was machst du denn da?«

Ich: »Ich, ähm … öh … ich habe einen … seltenen … Vogel … gesehen. Einen seltenen Vogel.«

Nicolas: »Cool! Wo denn?«

Ich (zeige auf einen Ast): »Da. Aber ich glaube, ich habe mich getäuscht. Und dann ist mein Mantel hängengeblieben … ist aber wieder in Ordnung.«

Nicolas: »Dann komm rein! Es ist saukalt!«

Während wir zur Tür gehen, klopft Nicolas mir die Nadeln vom Mantel.

Vermerk an mich selbst: Nie wieder irgendwelche Tricks mit Nicolas ausprobieren. SIE FUNKTIONIEREN NIE! Und ich mache mich einfach nur ZUM AFFEN!!!

15:00

Als Nicolas mich zum *Mario-Kart*-Spielen einlud, dachte
ich, das sei nur ein Vorwand, um bei ihm rumzuhängen
und zu knutschen. Direkt hätte er das ja schlecht sagen
können. Ich hätte nicht gedacht, dass wir *wirklich Mario
Kart spielen* würden!

15:10

Ich habe mir als Spielfiguren die beiden Prinzessinnen
ausgesucht, Peach und Daisy, um möglichst mädchen-
haft rüberzukommen. Normalerweise nehme ich die beiden Schildkröten. Aber das kann ich jetzt nicht bringen.
Am Ende findet er noch, ich hätte ein Schildkrötenge-
sicht oder so. Als »weibliche« Figuren kommen nur die
Prinzessinnen infrage. Dummerweise sind sie ziemlich
langsam und nicht gerade die Hellsten. Sie fahren Go-
Kart-Rennen im Ballkleid (mit im Wind flatternder
Schleppe!). Und eine der beiden ruft immer »Haha!«,
wenn sie jemanden überholt. OH MANN, GUCK LIE-
BER AUF DIE STRASSE!!! Nicolas hat Mario und Koopa genommen, eine meiner Schildkröten (grrr).
Nicolas hat gewonnen. Logisch! Er hatte auch das bessere Team! Ich hasse es zu verlieren. Normalerweise bin
ich richtig gut in *Mario Kart*. Eine der Besten überhaupt!
Allerdings habe ich schon eine Weile nicht mehr gespielt. Ich glaube, ich werde heimlich üben, und das
nächste Mal nehme ich nicht die blöden Prinzessinnen!
Hm … oder zumindest nur eine, damit es nicht ganz so
männlich wirkt. Und Koopa.

15:35

Nicolas hat gefragt, ob ich was trinken möchte. Während er den Saft holt, drehe ich eine Runde allein mit meinen Schildkröten. Puh, Glück gehabt! Ich habe mein gutes Händchen offenbar doch nicht verloren. Vermutlich war ich eben nur abgelenkt.

15:40

Nicolas kommt mit dem Saft zurück. Mist! Er hat nicht gesagt, dass es Traubensaft ist. Ich hasse Traubensaft.

Ich: »Ähm, ich mag keinen Traubensaft.«

Nicolas: »Macht nichts, dann trinkt ihn mein Bruder. Max?«

Ein Junge, etwas älter als Nicolas, kommt aus einem Zimmer neben dem Wohnzimmer.

Maxim: »Was gibt's?«

Nicolas: »Willst du Traubensaft? Amélie mag keinen.«

Maxim: »Ach, du bist Amélie! Hey, alles senkrecht?«

Ich: »Äh …«

Maxim: »Du magst keinen Traubensaft?«

Ich: »Nein.«

Maxim: »Ist ja Banane. Voll weggehauen!«

Nicolas: »Ähm … Maxim?«

Maxim: »Was?«

Nicolas: »Wer von uns beiden ist der Ältere?«

Maxim: »Ich.«

Nicolas: »Scheint aber nicht so. Haha, ›voll weggehauen‹!«

Maxim: »Hahaha! O. k., ich lasse euch in Ruhe.«

39

Maxim geht zurück in sein Zimmer und ich sehe Nicolas fragend an.

Ich: »Dein Bruder ... redet ...«

Nicolas: »Wie Brice aus *Cool Waves*. Das ist sein Vorbild. Als er den Film im Kino gesehen hat, ist er durchgedreht. Seit die DVD raus ist, zieht er sie sich jeden Tag rein. Und das Schlimmste ist: Mein bester Freund Raphael fährt genauso auf den Film ab! So verrückt wie die zwei bin ich nicht, aber er gehört auf jeden Fall zu meinen Lieblingsfilmen. Der ist echt superwitzig. Wie findest du ihn?«

Ich: »Ganz gut. Aber ... so ein Fan wie ihr bin ich wohl nicht.«

Miss Magazin

FILMKRITIK

Cool Waves – Brice de Nice

Ein Film von: James Huth

Darsteller: Jean Dujardin, Clovis Cornillac, Élodie Bouchez und Bruno Salomone

Beschreibung: Brice, ein ewiger Teenager, liegt seinem steinreichen Vater auf der Tasche, hält sich für einen Surf-Profi und wartet auf die Welle seines Lebens ... ausgerechnet in Nizza, wo das Wasser ruhig wie in der Badewanne ist! Doch niemand wagt es, sich über ihn lustig zu machen.

Denn Brice hat den Ruf, andere Leute mit fiesen Sprüchen »voll wegzuhauen«. Eines Tages verliert Brices Vater sein gesamtes Vermögen. Um seinen Lebensunterhalt zu verdienen, nimmt unser »Profi-Surfer« an einem Surf-Contest teil. Wird er beweisen können, dass er der König der Wellen ist? Extrem lustig, auch wenn die Story stellenweise etwas hinkt.

Offizielle Website: www.bricedenice.com

16:00

Ich weiß nicht genau, wie es dazu gekommen ist, aber Nicolas und ich knutschen. Leidenschaftlich, könnte man sagen. Ich glaube, ich habe gefragt: »Spielen wir noch eine Runde?« Darauf Nicolas: »O. k.« Woraufhin wir allerdings keineswegs spielten, sondern anfingen zu knutschen.

16:10

Maxim kommt ins Zimmer und sagt:
»Oh! Tut mir gar nicht leid, dass ich störe. Voll weggehauen!«
Ich: »Äh ... ich glaube, ich gehe dann mal.«
Nicolas: »Nein! Beachte ihn gar nicht, er ist ein Blödmann.«
Maxim: »Wer's sagt, ist es selber! Und weggehauen!«

16:15

Das Blöde am Winter ist, dass man nicht spontan einen

spektakulären Abgang machen kann. Bevor man abdampft, muss man sich erst Schal, Mantel, Mütze, Handschuhe und Stiefel anziehen. Während ich das tue, entschuldigt Nicolas sich tausendmal für das Verhalten seines Bruders. Am liebsten würde ich ihm sagen, dass ich zum Zahnarzt muss, damit er sich keine Gedanken mehr macht.

Ich bin (endlich) mit dem Anziehen fertig. Nicolas folgt mir (ohne Mantel) nach draußen und ich sage:

»Das war wirklich ein schöner Nachmittag. Danke.«

Nicolas: »Bleib doch noch. Mein Bruder ist ein Blödmann, man darf ihn nicht ernst nehmen.«

Ich: »Nein, daran liegt es gar nicht. Es liegt an … meinen Zähnen. Ich muss zum Zahnarzt.«

Ich zeige mit der Spitze meines Fäustlings auf meinen Schneidezahn und verziehe wie vor Schmerz das Gesicht, um ihn zu überzeugen.

Nicolas: »Du hast doch am Sonntagnachmittag keinen Zahnarzttermin!«

Ich: »Ich habe Zahnweh …« (Ich zeige wieder auf den Zahn.) »Der da. Dasch ischt ein Notfalltermin.«

Nicolas verschränkt die Arme und sieht mich skeptisch an. Ihm muss saukalt sein. Ich kapituliere.

Ich: »O. k., o. k. Ich muss nicht zum Zahnarzt. Aber mir ist das alles irgendwie unangenehm. Ich habe keine Ahnung, wie ich mich dir gegenüber verhalten soll. Ich habe da einfach keine Erfahrung. Küsst man sich jedes Mal, wenn man sich sieht? Sind wir jetzt zusammen? Ich bin nicht mal sicher, ob ich einen Freund haben *will*. Ich bin

echt überfragt. Ich fände es gut, wenn wir einfach Freunde sind. Das ist nicht so kompliziert.«
Nicolas: »Wie du willst.«

20:00
Während meine Mutter mal wieder im Netz »plauscht«, wie sie das nennt, kraule ich Sybil, die mit einem Bonbon spielt. Sie sieht mich an und macht vorwurfsvoll: »Miauuu.« Keine Ahnung, was das heißt, weil ich die Katzensprache noch nicht beherrsche. Aber höchstwahrscheinlich war das eine saftige Kritik an meiner Unentschlossenheit, gefolgt von einem »Voll weggehauen!«. Das habe ich wohl verdient.

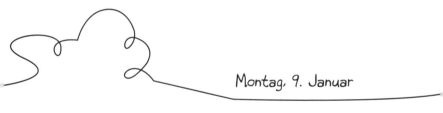

Montag, 9. Januar

Wieder in der Schule.
Ich wusste gar nicht mehr, dass der Rock meiner Schuluniform so kratzt. Aber es steht außer Frage, dass ich die Anti-Uniform-Petition unterschreibe, die seit letztem Halbjahr herumgeht. Dank der Uniform muss ich mir nicht den Kopf über mein Outfit zerbrechen, wenn ich morgens aufstehe. Die Mädchen, die der An-

sicht sind, die Uniform schränke sie im Ausdruck ihrer Persönlichkeit ein, haben absolut keine Fantasie. (Oder absolut keine Persönlichkeit …) Aber das kann ich nicht offen sagen, weil Kat bereits unterschrieben hat und es ihr weder an Fantasie noch an Persönlichkeit mangelt. Sie hat einfach keine Lust, immer das Gleiche anzuziehen. (Eigentlich hat sie nur keinen Bock, ihre eigenen Klamotten in der sowieso schon viel zu schweren Schultasche herumzuschleppen, damit sie sich nach der Schule umziehen und direkt zu Ham gehen kann.)

Als ich Kat nach einer Million Jahren endlich wiedergesehen habe (nach zwei Wochen, um genau zu sein), redete sie nur von ihrem Freund. Es wäre falsch zu sagen: Meine Freundin *hat mir gefehlt*. Ich muss sagen: Meine Freundin *fehlt mir immer noch*, Punkt. Sie ist nicht mehr sie selbst, und das ist schade. Denn trotz der angeblich charaktertilgenden Uniform besaß sie, bevor sie einen Freund hatte, tatsächlich eine Persönlichkeit – und die war super!

21:00

Ich habe »Gesetz gegen Mädchen, die sich nur noch für ihren Freund interessieren und ihre beste Freundin vernachlässigen« bei Google eingegeben. Heraus kam: *Keine Ergebnisse für »Gesetz gegen Mädchen, die sich nur noch für ihren Freund interessieren und ihre beste Freundin vernachlässigen«*.

To do (wichtig): Den Leuten bei Google mailen, dass ihre Suchmaschine entgegen der allgemein verbreiteten Auffassung nicht alles findet.

Mittwoch, 11. Januar

Ich habe mein Zeugnis bekommen. In allen Fächern bestanden, puh!
Englisch: 3- (In Englisch bin ich einfach schlecht. Daher ja auch die guten Vorsätze.)
Französisch: 2+ (Ich bin zwar die Schlechteste im Begabtenkurs, aber immerhin konnte ich durch mein Gedicht meinen Durchschnitt heben.)
Mathe: 3 (Ich hätte Kat nicht immer Zettel im Unterricht schicken sollen. Der Ansicht waren übrigens auch Madame Gagnon, unsere Mathelehrerin, und Monsieur Beaulieu, unser Schuldirektor.)
Erdkunde: 3- (Wäre ich nach dem Wohnort Daniel Radcliffes gefragt worden, hätte ich eine bessere Note bekommen: Fulham, London, England, Großbritannien.)
Bio: 2- (Mein Lieblingsfach. Vor allem, weil ich Schwester Rose so mag, unsere Biolehrerin. Keine Ahnung, wa-

rum es keine glatte Zwei geworden ist. Dabei ist es eigentlich unmöglich, etwas nicht mitzubekommen, weil Schwester Rose alles zehnmal wiederholt. Wenn ich in Bio besser werde, könnte ich Biologin werden! Hm ... Na ja, wir werden sehen. Ohne Schwester Rose ist das Fach wahrscheinlich nicht halb so interessant. Sie ist echt saukomisch.)

Kunst: 1 (Wie alle in der Klasse. Unser Kunstlehrer Monsieur Louis findet, dass Kunst subjektiv ist. Wenn man sich ein bisschen anstrengt, bekommt man eine gute Note. Ich habe in Kunst absolut kein Talent, mir bleibt also nichts anderes übrig, als mich ein bisschen anzustrengen.)

Sport: 4 (Keine Ahnung, wie Madame Manon ihre Noten errechnet. Vor allem, weil sie immer sagt, *dabei sein* sei alles. Also habe ich eher an meiner Einstellung gearbeitet als an meiner Leistung. Scheint aber nichts gebracht zu haben. Wenn ich übrigens etwas an der Schuluniform ändern würde, dann die Sporthosen: Die sind viel zu kurz. Ich fühle mich darin überhaupt nicht wohl und deswegen bin ich in Sport auch weniger leistungsfähig!)

Freitag, 13. Januar

Kat dreht total durch, weil Freitag der Dreizehnte ist und Ham heute Abend was mit seinen Freunden macht – ohne Kat! Ich habe Kat vorgeschlagen: »Vielleicht könntest du bei der Gelegenheit ja auch mal was mit *deinen Freunden* machen.« (Ich meinte natürlich mit *deiner Freundin*, nämlich mit mir!) Ihr Unglückstag ist also mein Glückstag, weil Kat und ich endlich mal wieder einen Abend zusammen verbringen. Ich habe meine Mutter überredet, dass Kat bei mir übernachten darf. Wir haben eine Luftmatratze neben mein Bett gelegt und machen eine Pyjama-Party!

20:00

Ich werde eine Gummibärchen-Vergiftung kriegen. Ich habe so viel Zucker intus, dass ich total aufgedreht bin. Kat dagegen hat eher den »Gummibärchen-Blues«, sie ist kurz vorm Heulen. Sie nimmt Sybil in den Arm, die sich heftig wehrt. Ich frage:
»Was ist denn los?«
Kat: »Ham fehlt mir so. Wir haben uns die ganze Woche nicht gesehen.«
Ich: »Und *wir* haben uns eine *Ewigkeit* nicht gesehen!«
Kat: »Ja, aber du wirst ja auch das ganze Leben lang mei-

ne Freundin sein. Mit einem Freund ist das anders. Vielleicht trifft er eine, die toller ist als ich, und wumms ist alles vorbei!«

Ich: »Du machst dich echt verrückt! Und übrigens, wenn du dich nicht um mich kümmerst, suche ich mir vielleicht auch eine Freundin, die spannender ist als du!«

Kat: »Das würdest du doch nicht tun, Am! Oder?«

Ich: »Mmh … tja, vermutlich nicht. Ich kenne alle Mädchen auf der Schule, und ich will keine andere als dich als beste Freundin.«

Kat: »Glaubst du, dass Ham eine andere kennengelernt hat?«

Ich: »Ach was! Soll ich dich mal auf andere Gedanken bringen? Ich habe nämlich eine Riesenneuigkeit! Eigentlich wollte ich sie dir gar nicht erzählen, weil du es nicht verdient hast. Aber da du so geknickt bist, will ich mal nicht so sein.«

20:30

Ich habe Kat alles erzählt: von meinem ersten Zungenkuss, von dem Nachmittag bei Nicolas, von seinem Bruder, der auf Brice aus *Cool Waves* abfährt, und von meinem Vorsatz, einfach nur mit ihm befreundet zu sein (nicht mit Brice, sondern mit Nicolas).

21:00

Kat wiederholt sich seit einer halben Stunde. Im Großen und Ganzen erklärt sie, ich dürfe keine Angst vor der Liebe haben, blablabla, ich müsse mich fallen lassen, blablabla, die Liebe müsse man erleben, blablabla, ich verstecke mich vor meinen Gefühlen, blablabla. Ich wende ein:

»Aber Jungs sind einfach bescheuert. Nicolas' Bruder ist der beste Beweis! Er schaut sich jeden Tag denselben blöden Film an und redet wie die schwachsinnige Hauptfigur. Und Nicolas ist mit ihm verwandt. Er hat dasselbe Blut!«

Kat: »Und du hast dir 250-mal *Arielle, die Meerjungfrau* angeschaut! Hahaha. Voll weggehauen!«

Ich: »Oh Mann! Fang du nicht auch noch an!«

Samstag, 14. Januar

Kat ist nach dem Mittagessen nach Hause gegangen. Es gab mal wieder Kartoffeln mit Broccoli ... bäh, mit Broccoli kann man mich jagen! Sagte ich das bereits? Egal, es ist so!!! Ich hatte keine große Lust, meine Hausaufgaben zu machen. Stattdessen blätterte ich in der *Miss* und fand diesen Test:

TEST: WELCHES GEMÜSE BIST DU?

Hast du dir schon mal vorgestellt, du wärest ein Gemüse? Wenn ja, welche Sorte? Was? Du meinst, wir wollen dich verkohlen? Sei keine saure Gurke, mach den Test!

1. AUF EINER PARTY ENTDECKST DU AUF DEM BUFFET EINE HERRENLOSE DOSE SPRÜHSAHNE. WAS TUST DU?

a) Ich stecke sie sofort in meine Tasche. Es ist ohnehin schon spät, die wird doch nicht mehr gegessen. Das wäre die reinste Verschwendung!
b) Warum um alles in der Welt gibt es überhaupt Sprühsahne? Bei der Menge Zucker, die da drin ist, ist das eine GEFÄHRDUNG FÜR DIE GESUNDHEIT!
c) Ich verspeise die Sahne umgehend. Den Zucker brauche ich jetzt, ich bin so deprimiert!

2. DU LEBST AUF EINEM BAUERNHOF. EINES SCHÖNEN MORGENS STELLST DU FEST, DASS MAN DIR DIE KAROTTEN AUS DEM GEMÜSEGARTEN GEKLAUT HAT. WIE REAGIERST DU?

a) Ich pflanze neue!
b) Karotten? Igitt! Wer isst denn so was?
c) Oh nein! Aber sie haben doch wohl nicht auch meinen Bello geklaut? Hilfe! Belloooo!

50

3. DU ERWISCHST DEINEN FREUND DABEI, WIE ER MIT DEM HÜBSCHESTEN MÄDCHEN DER SCHULE KNUTSCHT. WAS MACHST DU?

a) Ich habe keinen Freund!

b) Das würde er niemals tun! Pfff!

c) Jetzt könnte ich die Dose Sprühsahne gebrauchen!

4. DU FINDEST AUF DER STRASSE EINEN 20-DOLLAR-SCHEIN. WAS TUST DU?

a) Du lädst deine beste Freundin ins Kino ein.

b) Du lässt ihn liegen. An dem Geldschein könnten Bakterien sein.

c) Könnt ihr die Frage wiederholen, ich war in Gedanken noch bei meinem armen Bello ... Schnief.

5. DEINE BESTE FREUNDIN KAUFT SICH DEN GLEICHEN PULLOVER WIE DU. STÖRT DICH DAS?

a) Cool, wir sind im Partnerlook!

b) Ich lasse alle meine Sachen maßschneidern.

c) Nachmacherin!

6. DU SITZT GEMÜTLICH AUF DEM SOFA UND DIE FERNBEDIENUNG IST GERADE NICHT GRIFFBEREIT. WAS MACHST DU?

a) Ich stehe auf und hole sie mir!

b) Ich brülle: »Papaaaaaaaaaaaaaaaa!«

c) Sollte ich den Sender wechseln wollen, werde ich versuchen, *Die Macht* zu gebrauchen, wie in *Star Wars*, oder irgendwelche anderen übersinnlichen Kräfte.

7. DEINE MUTTER RÄUMT WÄHREND DEINER AB- WESENHEIT DEIN ZIMMER AUF. WIE REAGIERST DU?

a) Yes! Ich muss nicht aufräumen!

b) Wo ist denn bitte unsere Putzfrau?

c) Oh Gott, hoffentlich hat sie mein Tagebuch nicht gefunden!

8. BESCHREIBE DICH SELBST!

a) Du hast karottenrote Haare.

b) Du bist ein langer Spargel.

c) Die Aufforderung ist dir peinlich und du bist rot gewor- den wie eine Tomate.

9. ... UND DEINEN FREUND!

a) Ich hab doch schon gesagt, dass ich keinen Freund habe! Jungs interessieren mich nicht die Bohne!

b) Wie 'ne runzlige Rübe! Nein, Scherz!

c) Total schnuckelig – ein echtes Salatherzchen!

10. WAS WÜRDEST DU EINEM FREUND RATEN, DER IN MATHE EINE SCHLECHTERE NOTE BEKOMMEN HAT ALS SEIN SITZNACHBAR, OBWOHL DER IMMER BEI IHM ABSCHREIBT?

a) Mach dir nichts draus. Die dümmsten Bauern ernten die dicksten Kartoffeln!

b) Interessiert mich keinen Pfifferling. Solche Freunde habe ich nicht.

c) Dagegen ist ein Kraut gewachsen: Sprich deinen Mit- schüler und deinen Lehrer offen darauf an.

✳ ÜBERWIEGEND A
DER BROCCOLI
PARTY-GIRL

Du hast echt Pfeffer in den Beinen! Du bist ein Mädchen der Tat. Man erkennt vielleicht nicht auf den ersten Blick, was in dir steckt, aber wer dir eine Chance gibt, gewinnt eine großartige Freundin. Man hat mit dir nicht nur Spaß, man kann sich das Leben ohne dich bald nicht mehr vorstellen! Aber Vorsicht! Wer nichts anbrennen lässt, übersieht manchmal die wirklich wichtigen Dinge im Leben.

✳ ÜBERWIEGEND B
DIE SÜSSKARTOFFEL
PRINZESSIN AUF DER ERBSE

Oh Pardon, wir bitten um Entschuldigung! Wir hatten ja keine Ahnung, dass eine Prinzessin unsere Zeitschrift liest! Du bist stilsicher und willst von allem nur das Beste! Dich trifft man garantiert nicht mit Leuten an, die dir nicht das Wasser reichen können. Du wählst deine Freunde und Beschäftigungen sehr genau aus und so schaffst du es, dass alles zu deiner Zufriedenheit läuft. Aber Vorsicht! Pass auf, dass du nicht zu überheblich wirst, sonst haben deine Freunde irgendwann die Nase voll von dir und du hast den Salat. Vergiss nicht, dass auch du letztlich nur eine ganz normale Kartoffel bist ...

✳ ÜBERWIEGEND C
DIE ZWIEBEL
GROSSE GEFÜHLE

Gefühle über Gefühle! Obwohl du das, was du fühlst, unter vielen Schichten versteckst, ist nicht zu übersehen, wie empfindlich du bist. Ein echtes Silberzwiebelchen! Trau dich, deine Emotionen etwas mehr auszuleben, sonst wirst du bitter und ungenießbar! Öffne dein Herz und vertrau darauf, dass niemand dich zwiebelt. Du wirst dich in deinen Häuten viel wohler fühlen!

✳ GLEICHE ANZAHL ZWEIER BUCHSTABEN
DER KÜRBIS
ALLES DURCHEINANDER!

Wer dich nicht gut kennt, könnte dich für ungeschickt, sonderbar und unentschlossen halten (der Beweis: Du kannst dich nicht mal zwischen den Antworten eines simplen Tests entscheiden!). Die Welt versteht dich einfach nicht! Aber deine Freunde wissen, wie witzig und unterhaltsam du sein kannst! Versuch, das Leben mit einer Prise Salz zu genießen, und hab keine Angst, mal ins Fettnäpfchen zu treten. Im echten Leben ist dein Platz ganz sicher nicht zwischen Kraut und Rüben!

Ergebnis: Ich bin ein Broccoli, eine Zwiebel *und* ein Kürbis!

Ergebnis Nummer 2: Ich bin also nicht bloß irgendein junges Gemüse, sondern ein ganzer Eintopf!

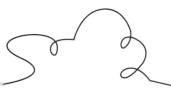

Mittwoch, 18. Januar

Kat merkt einfach nicht, wie blöd Ham ist. Und wie angeberisch! Fast könnte man sagen, dass Kat sich selbst schon in eine Angeberin verwandelt hat. Heute hat sie in der Schule gesagt, Simple Plan sei nur eine Parodie von Green Day. Das kann gar nicht ihre eigene Meinung sein, denn 1) ist sie der größte Fan von Simple Plan (ich habe Beweisfotos, die Kat mit »Simple« auf der Stirn und »Plan« auf dem Kinn zeigen – IN KNALLROTEM LIPPENSTIFT!) und 2) weiß sie gar nicht, was das Wort »Parodie« bedeutet. Ich bin mir da so sicher, weil ich besser in Französisch bin als sie und die Bedeutung selbst nicht kannte, bevor ich das Wort im Wörterbuch nachgeschlagen habe.

Um es mit Simple Plan zu sagen: In einer *Perfect World* würde so etwas jedenfalls nicht passieren!

16:31

Wer? Ich frage mich echt: Wer will das????? Wer will sich in einen Jungen verknallen – ob er nun einen Bruder hat, der wie Brice aus *Cool Waves* redet, oder sonst was –, wenn die Folge ist, dass man sich selbst verleugnet und nicht mehr dazu steht, dass man Simple-Plan-Fan ist. Ich jedenfalls nicht! (Damit meine ich nicht, dass ich Simple-Plan-Fan bin, sondern dass ich keine Beziehung will, in der ich nicht mehr ich selbst sein kann. Also, ich verstehe jedenfalls, wie ich es gemeint habe.)

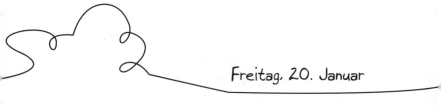

Freitag, 20. Januar

Meine Mutter hat heute Abend ein Date. (Zitter …)
Und Kat trifft sich mit Ham. (Kotz!)
Aber an einem Freitagabend kann man auch ohne Freund Spaß haben. Ich habe auch eine Menge vor! Ich habe mir vorgenommen, bessere Noten zu kriegen, und die kriegt man nicht durchs Partymachen. Sondern durch ARBEIT UND FLEISS! Deshalb vertiefe ich mich heute Abend in meine Bücher (und das heißt nicht, dass ich mit einem Stapel Mangas ins Bett krieche!). Ich werde so viele wichtige Dinge lernen, dass ich eine weltweit anerkannte Wissenschaftlerin werde, die große Entdeckungen macht und jede Menge Preise bekommt.

20:14

Ich weiß jetzt, wie man ein Polynom durch ein Monom teilt. (*Easy.*)

20:25

Aha! Und die Harnwege haben was mit dem Gleichgewicht des Körpers zu tun … (Bio ist schon faszinierend.)

20:26

Ich habe Nicolas gesagt, es sei mir lieber, wenn wir Freunde sind. Und da *ich* die Regeln für unsere Beziehung aufgestellt habe, ist es jetzt an *mir*, ihn anzurufen. Aber vielleicht ist es schon zu spät? Dann denkt er, ich hätte nur nichts Besseres vor. Oder nicht? Doch. Auf jeden Fall. Allerdings habe ich nicht gesagt, was für ein Freund er für mich sein soll. Er hat zwar gesagt, »wie du willst«, aber er kann ja nicht wissen, *was* ich wirklich will. Er hat auch nicht weiter nachgefragt. Das heißt wohl, dass es ihm egal ist, was für ein Freund er für mich sein soll.

20:35

Warum bin ich bloß so schlecht in Mathe? Diese Aufgaben sind so schwer, dass ich davon Kopfschmerzen bekomme.

21:00

Als wir uns das erste Mal geküsst haben, hat Nicolas gesagt, ich sei »außergewöhnlich« für ihn. Trotz der ganzen Peinlichkeiten, die ich mir in seiner Gegenwart schon geleistet habe. Also ist er nicht so ein Typ wie Ham. Er mag mich, wie ich bin. Als ganz normale Freundin, meine ich.

21:31

Ich wollte gerade Nicolas anrufen, als meine Mutter nach Hause kam. Ich erkundigte mich nach ihrer Verabredung, und sie erwiderte nur: »Männer sind Idioten!«

Endlich mal eine, die es kapiert hat!

Samstag, 21. Januar

Liste der Männer, die *keine* Idioten sind:
- Mein Vater.
- Monsieur Louis, mein Kunstlehrer (der ist cool, auch wenn er ein Fach unterrichtet, in dem ich eine absolute Niete bin).
- Kats Vater.
- Monsieur Beaulieu (unser Schuldirektor. Vor allem seit ich weiß, dass meine Mutter *nichts* mit ihm hat).
- Alle Musiker von Simple Plan (die ich zwar nicht persönlich, sondern nur über ihre Kunst kenne, aber das sind genug Pluspunkte).
- Daniel Radcliffe (für ihn gilt das Gleiche wie für Simple Plan).

10:14

Sybil wirft mir einen vielsagenden Blick zu. Ich habe das Gefühl, dass sie meine Gedanken lesen kann und mich telepathisch darauf aufmerksam macht, dass wir beide nicht zusammen wären, wenn es Nicolas nicht gäbe. Sie hat recht, Nicolas war echt nett zu mir. Es wäre gemein, ihn nicht auf die Liste zu setzen. Aber andererseits heißt das nicht, dass er sich nicht noch als Idiot entpuppen *könnte*. Und wenn er sich als Idiot entpuppen *sollte*, würde mich das echt traurig machen. Ist doch logisch, dass man sich nicht freiwillig in eine Situation begibt, die einen möglicherweise traurig machen könnte, oder etwa nicht? Das ist doch ganz normal!

Mittags

Apropos Situationen, die einen möglicherweise traurig machen könnten … heute vor sechs Jahren ist mein Vater gestorben. Wow, ich stelle gerade zum ersten Mal fest, wie einfach es ist, den eigenen Herzschlag zu kontrollieren. Beim Gedanken an meinen Vater eben habe ich gefühlt, wie mein Herz sich fest zusammengezogen hat. Also habe ich ganz tief ein- und ausgeatmet, und es hat sich wieder entspannt.

13:00

Meine Mutter hat ihren Laptop heute noch nicht geöffnet. Vielleicht macht sie eine Chat-Pause in Gedenken an meinen Vater. Normalerweise reden meine Mutter und ich an diesem Tag nicht viel miteinander. Sie steht morgens bedrückt auf und sagt: »Heute vor soundso viel Jahren …« Und ich erwidere: »Ich weiß …« Das ist alles. Aber dieses Mal ist es anders. Meine Mutter hat vorgeschlagen, dass wir ein besonderes Abendessen machen und uns all unsere schönen Erinnerungen an meinen Vater ins Gedächtnis rufen. Cool (oder?).

18:10

Meine Erinnerung Nummer zwölf ist der Nachmittag, als wir auf dem Rummel waren und mein Vater ein Kuscheltier für mich gewinnen wollte. Er hat es gleich beim ersten Versuch geschafft. Aber ich wollte die kleine Schlange mit den Leuchtstreifen nicht (die fand ich blöd). Ich wollte einen Bugs Bunny. Mein Vater hat weitergespielt, bis er es geschafft hat. Ich sehe noch seinen entschlossenen Blick vor mir. Bei der Erinnerung zieht sich mein Herz wieder zusammen. Zum Glück weiß ich jetzt, wie ich das unter Kontrolle bekomme.

19:00

Nach dem Essen bin ich sofort in mein Zimmer gegangen. Sybil ist mir gefolgt. Ich habe den Bugs Bunny in die Arme genommen. Der Bugs Bunny ist echt hässlich, so ein billiges Stofftier, das mit ganz vielen kleinen Styroporkugeln gefüllt ist. Meine Mutter kommt mir nach.

Meine Mutter: »Alles o. k., meine Süße?«

Ich: »Ja …«

Meine Mutter streicht mir übers Haar und ich fange mich wieder.

Meine Mutter: »Es ist in Ordnung, wenn du traurig bist.«

Sie will mir anscheinend unbedingt weiter übers Haar streichen, also lasse ich sie gewähren.

Ich: »Ich bin nicht traurig.«

Meine Mutter: »Früher hast du mich immer getröstet. Jetzt bin ich mal dran.«

Ich: »Das ist lieb, Mama, aber es ist alles o. k. Ich bin nur müde. Ich habe in der Schule so viel zu tun …«

Meine Mutter zeigt auf den Bugs Bunny und sagt: »Weißt du, du warst seine kleine Prinzessin. Er wollte dir immerzu eine Freude machen. Das sollte ich dir vielleicht nicht erzählen, aber … manchmal haben wir uns sogar gestritten, weil ich fand, dass er dich zu sehr verwöhnte.«

Der Hals meiner Mutter ist rot geworden und ihre Augen sind feucht.

Ich: »Wer? Bugs Bunny?«

Sie lacht.

Meine Mutter: »Ja, Bugs Bunny.«

Ich lächle ebenfalls.

Sie zerzaust Sybil das Fell auf dem Kopf und geht zur Tür. Bevor sie geht, sage ich:

»Du, Mama?«

Meine Mutter (dreht sich zu mir): »Ja?«

Ich: »Danke für das Abendessen. Das war eine gute Idee.«

19:35

Mein Vater wollte mir eine Freude machen, und ich wollte nur Bugs Bunny. Ich bin ein schrecklicher Mensch und sollte meinen Namen ganz oben auf die Idiotenliste setzen.

21:12

Sybil ist zu mir aufs Bett gesprungen, hat sich an meinen Hals gekuschelt und angefangen zu schnurren. Ich glaube, sie versteht mich.

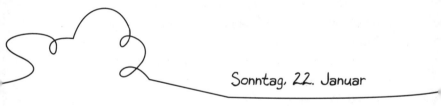

Sonntag, 22. Januar

Draußen ist ein krasser Schneesturm.
Ich habe mich noch nicht bei Nicolas gemeldet. Bestimmt funktioniert das Telefonnetz bei dem Sturm sowieso nicht. (Was für ein Blödsinn. Wir leben doch nicht mehr im letzten Jahrhundert!) Aber es wäre ohnehin total unvernünftig, bei diesem Wetter das Haus zu verlassen. Meine Mutter hat gesagt: »Bei dem Sturm jagt man keinen Hund vor die Tür.« Also muss auch ich nicht nach draußen!

Montag, 23. Januar

Weil es gestern so stark geschneit hat, ist heute die Schule ausgefallen. Kat hat den Tag mit Ham verbracht. Sie haben zusammen ein Iglu gebaut. Kat hat gefragt, ob ich mitmachen wolle. Aber ehrlich gesagt hat mir schon die Vorstellung gereicht, wie Ham uns einen Vortrag über die korrekte Bauweise von Iglus und die isolierenden Eigenschaften von Schnee hält. Also habe ich lieber den ganzen Tag lang *Mario Kart* gespielt. Sybil ist dabei unermüdlich nach den Kabeln meines Lenkrads gesprungen, was echt komisch aussah und mich einige Punkte gekostet hat, weil ich so lachen musste. Meine Mutter ist früher als sonst von der Arbeit gekommen und hat ein paar Runden mit mir gespielt. Ich habe jedes Mal gewonnen! Mit dem richtigen Team geht es gleich viel besser (und wenn man sich nicht von seiner Katze ablenken lässt ... oder von einem süßen Typen)!

20:18

Ich habe mich wieder nicht bei Nicolas gemeldet. Bin ich eine Art emotionales Iglu? Sybil schaut mich an und macht vielsagend »Miauuuu!«.

Dienstag, 24. Januar

Heute hat Kat pausenlos von dem Iglu geredet, das sie mit Ham gebaut hat. Irgendwann ging mir unablässig wie ein Ohrwurm nur noch dieses Wort durch den Kopf: »Iglu, Iglu, Iglu, Iglu«. Ich habe es den Rest des Tages quasi zwanghaft vor mich hin gesummt.

18:36

Beim Abwasch summe ich immer noch »Iglu, Iglu, Iglu, Iglu«, ohne mir dessen überhaupt bewusst zu sein. Scheint zu meiner zweiten Natur geworden zu sein. Dabei wechsele ich sogar den Rhythmus, summe mal eher Richtung Rock, mal eher Richtung Techno.
Irgendwann fragt meine Mutter:
»Sag mal, was ist los, Amélie?«
Ich: »Nichts. Wieso?«
Meine Mutter: »Du hast doch wohl keinen Alkohol getrunken, oder?«
Ich: »Quatsch! Wie kommst du denn darauf?«
Meine Mutter: »Du singst ununterbrochen ›Iglu, Iglu, Iglu, Iglu‹ vor dich hin und siehst ganz bedusselt aus!« (Sie stellt sich vor mich, legt mir die Hände auf die Schultern und schüttelt mich heftig.) »Ich warne dich, wenn ich dich bei irgendwelchen Saufspielen erwische, verlässt

du nie wieder dieses Haus! NIE WIEDER! Es gibt Jugendliche, die sich zu Tode trinken, Amélie! ZU TO-DE!«

Ich: »Hey! Komm runter!« (Ich schüttele ihre Hände ab.) »Ich bin nicht betrunken. Kat hat mich nur den ganzen Tag mit ihrem Iglu vollgequatscht, und irgendwann hatte ich das Wort wie einen Ohrwurm im Kopf.«

Meine Mutter: »Ach so. Puh. Ein Glück.« (Sie nimmt mich in den Arm.) »Ich habe mich ganz schön erschreckt!«

Ich (während ich mich aus ihrem Griff befreie): »Außerdem wäre es gar nicht möglich, mich noch mehr an dieses Haus zu ketten. Hast du noch nicht gemerkt, dass ich überhaupt nicht mehr rauskomme, seit Kat einen Freund hat?«

Meine Mutter: »Kats Verhalten ist ganz normal. Das ist ihre erste große Liebe. Sie kommt bald wieder auf den Boden, du wirst sehen.«

Ach ja? Und wo ist sie jetzt gerade? Irgendwo im Weltall? Auf dem Planeten der Affen? Wo kein Platz für ihre beste Freundin ist?

18:41
Hahaha! Planet der Affen! Passt perfekt zu Ham!

18:42
Riiiiiiiiing!
Meine Mutter geht ans Telefon. Sie unterhält sich eine

Weile mit dem Anrufer und spricht über Sybil. Ich denke, sie redet mit einer Freundin oder mit meiner Tante Louise, bis sie mir den Hörer reicht und sagt, dass es für mich ist. Ich melde mich:
»Ja, hallo?«

18:45
Es war Nicolas. Er hat gefragt, ob ich morgen nach der Schule etwas mit ihm unternehmen will. Rein »freundschaftlich«. Er hat vorgeschlagen, ins Jugendzentrum zu gehen. Ich habe zugesagt.
Hihihihihi!

Mittwoch, 25. Januar

Kat war heute nicht in der Schule. Vielleicht hat sie sich an ihrem Iglu-Tag eine Grippe geholt. Na klar, Schnee isoliert echt super!

15:01
Obwohl ich nach der Schule mit Nicolas verabredet bin, war ich im Unterricht den ganzen Tag total konzentriert. Schließlich ist es ja auch nur ein »freundschaftliches«

Treffen, alles ganz locker. Wenn Kat und ich im Jugendzentrum verabredet wären, wäre ich ja auch nicht völlig aus dem Häuschen. Obwohl … da ich sie in letzter Zeit nur in der Schule zu Gesicht bekomme (wenn sie nicht gerade fehlt), wäre ich wahrscheinlich doch ziemlich aus dem Häuschen. Aber nicht so sehr, dass ich mich nicht auf den Unterricht konzentrieren könnte.

In echt: O.k., in Wahrheit war ich ein kleines bisschen abgelenkt und habe alle zwei Minuten auf die Uhr geschaut. Es ist echt der Wahnsinn, wie lang so eine Minute ist. Ich habe versucht, mal fünf Minuten lang nicht auf die Uhr zu sehen, und als ich dachte, jetzt müssten mindestens zehn Minuten vergangen sein, waren gerade mal dreißig Sekunden rum.

16:10

Oh nein! Ich habe vergessen, Sachen zum Umziehen mitzunehmen, und keine Zeit, um noch mal nach Hause zu gehen. Ich werde also in meiner Schuluniform ins Jugendzentrum gehen müssen!

16:15

Nicolas: »Coole Verkleidung!«
Ich: »Das ist meine Schuluniform.«
Nicolas: »Haha. Voll weggehauen!«
Ich: »Ha.«
Nicolas: »War nur ein Scherz.«
Ich: »Haha. Lustig.«

17:10

Wir haben Mega-Spaß zusammen! Ich habe Nicolas gerade im Basketball geschlagen! (Ich habe ihm nicht verraten, dass einer meiner Bälle ein bisschen zu wenig Luft draufhatte und sich daher leichter werfen ließ! Hihi!) Wir haben sogar eine Runde im Flugsimulator gedreht. Das war echt cool (romantisch)!

17:15

Nicolas bietet an, mich nach Hause zu bringen, weil es schon dunkel ist (echt süß).

17:30

Ich knutsche immer noch mit Nicolas. Ich weiß nicht warum, aber irgendwie kommt es immer dazu, obwohl ich es gar nicht will. Das muss der Melonenatem oder der Weichspülerduft sein, jedenfalls ist es, als könnte ich mich nicht dagegen wehren. Übrigens habe ich keine Ahnung, wohin er seinen Melonenkaugummi steckt, wenn wir uns küssen. Beim Knutschen macht man zwar eine Art Knoten mit den Zungen, aber auf seinen Kaugummi bin ich dabei noch nie gestoßen (was auch ziemlich eklig wäre).

17:35

Nicolas: »Sind wir immer noch Freunde?«
Ich: »Ähm …«
Nicolas: »War nur ein Scherz!«
Ich: »Ach so.«

Nicolas: »Wäre doch ganz nett, erst mal zusammen zu sein, bevor du Schluss machst.«

Ich: »Mmh … o. k.«

Vermerk an mich selbst: Zum Glück hat er kein »voll weggehauen« hinterhergeschoben! In diesem Augenblick hätte ich das nicht sehr lustig gefunden.

Vermerk an mich selbst Nr. 2: Ich habe »o. k.« gesagt. Heißt das jetzt, dass wir zusammen sind …?

18:17

Ich (während ich das Geschirr in die Spülmaschine räume): »Voll weggehauen! Und weggehauen! Und weggehauen!«

Meine Mutter: »Hast du schon wieder Ohrwurm-Sätze von Kat im Kopf?«

Ich: »Nein, das ist aus *Cool Waves*.«

Meine Mutter: »Aha. Kenn ich nicht.«

Ich: »Das ist ein Film.«

Meine Mutter: »Du kommst mir in letzter Zeit ein bisschen seltsam vor. Gibt es irgendwas, worüber du mit mir reden möchtest?«

Ich: »Ähm … nein. Mir geht's gut.«

20:50

Ich habe einen Freund. Hi-hu-hu-hi-hi-hu-hu!

Donnerstag, 26. Januar

Ich wollte Kat mitteilen, dass ich jetzt auch auf ihrem Planeten gelandet bin (dem der Liebe, nicht der Affen), aber sie war heute schon wieder nicht in der Schule.

Mittags
Immer noch keine Nachricht von Kat.

16:12
Als ich nach Hause kam, habe ich sofort bei Kat angerufen, weil ich mir solche Sorgen machte. Ihre Mutter ging ans Telefon.
Madame Demers: »Ja, hallo?«
Ich: »Hallo, hier ist Amélie. Ist Kat da?«
Madame Demers: »Ja … aber sie ist krank …«
Ich: »Ja? Was hat sie denn?«
Madame Demers: »Ich weiß nicht … vielleicht eine Grippe. Sie will nichts essen.«
Ich: »Nicht mal Maoam?«
Madame Demers: »Sie ist zu krank für Maoam.«

Oh je! Das klingt ernst.

20:00

Ich habe eine Stunde mit Nicolas telefoniert. Jetzt weiß ich schon ziemlich viel über ihn. Er arbeitet in der Zoohandlung, weil er seinem Onkel helfen will und weil er Tiere mag. Außerdem gefällt ihm der Job, weil er damit sein Taschengeld aufbessern kann und er sich seine Arbeitszeiten selbst aussuchen darf.

Seine Eltern sind geschieden, aber sie wohnen nicht weit auseinander und verstehen sich gut. Er ist gut in der Schule. Er will Tierarzt werden. Er fährt leidenschaftlich gern Skateboard, aber er übt nicht oft genug. Und … er findet mich hübsch! (Hihihihihihihi!)

Ich habe ihm auch jede Menge Dinge über mich erzählt (allerdings nicht die seltsamen Dinge, wie zum Beispiel, dass ich laut einem Psycho-Test eine Kreuzung aus drei Gemüsesorten bin). Als ich ihm von meinem Vater erzählt habe, schien er sich etwas unbehaglich zu fühlen. Er sagte: »Das tut mir leid …« Darauf folgte ein Moment Stille, bis er mich fragte: »Was glaubst du, für wen er bei *Popstars* gestimmt hätte?« Das brachte mich zum Lachen.

Freitag, 27. Januar

Ich bin kraaaaaaaaaaaank! Zumindest glaubt das meine Mutter. Ich habe ihr was vorgespielt, damit ich nicht in die Schule muss und stattdessen nach Kat sehen kann.

8:50
Sobald meine Mutter aus dem Haus ist, ziehe ich mich an, schnappe mir eine Tüte Maoam und mache mich auf den Weg. Mann, ist das kalt heute!

9:02
Ich spähe bei Kat durchs Küchenfenster, um sicherzugehen, dass ihre Eltern nicht da sind. Die Luft ist rein. Ich drücke auf die Klingel.

9:03
Nichts passiert.

9:04
Ich werfe Schneebälle an Kats Fenster. Plötzlich taucht ihr Gesicht hinter der Scheibe auf. Fast hätte ich mich erschreckt, sieht irgendwie gruselig aus, wie in einem Horrorfilm. (O. k., ich übertreibe.)

9:05

Kat macht mir auf. Ihre Haare sind ganz verstrubbelt und sie trägt ihren rosa Schlafanzug mit den gelben Küken. Sie sagt schwach »Hallo«, dann dreht sie sich ohne ein weiteres Wort um und geht zurück in ihr Zimmer. Ich folge ihr.

9:10

Ich: »Kat, was ist los?«

Kat: »Ich bin krank.«

Ich: »Hast du eine Grippe?«

Kat: »Nein.«

Ich: »Eine Lungenentzündung?«

Kat: »Nein.«

Ich: »Pfeiffersches Drüsenfieber?«

Kat: »Nein.«

Sie wirft sich auf ihr Bett und fängt an zu heulen.

9:15

Kat hört nicht auf zu heulen.

Ich: »Soll ich lieber gehen?«

Kat: »Nein, bleib.«

Ich: »Aber falls deine Krankheit ansteckend ist, sag mir bitte Bescheid.«

Kat: »Scheint nicht so. Ich habe sie schon seit Monaten und du hast sie nicht bekommen.«

Ich: »Du Arme. Ist es … schlimm?«

Kat: »Wenn ich dir sage, was es ist … versprichst du, dass du es nicht weitersagst?«

73

Ich: »Kat, ich habe mich krank gestellt, nur damit ich zu dir kommen kann. Glaubst du echt, ich würde dich verraten?«

Kat: »Das hast du für mich getan?«

Ich: »Na klar!«

Kat: »Du bist meine allerbeste Freundin! Und ich … ich bin … so BLÖÖÖÖÖÖD!«

Ich: »Was ist denn los?«

Kat: »Ham … er … er hat, er hat … er hat mich …«

Ich: »Was hat er?«

Kat: »Er hat mich … verlassen.«

Sie rollt sich auf ihrem Bett zusammen und schluchzt weiter. Ich bemerke, dass sie den kleinen Bären und das »I ♥ You«-Shirt in den Händen hält, das Ham ihr vor ein paar Wochen geschenkt hat. Ich hole die Maoam-Tüte aus meiner Tasche und halte sie ihr hin. Kat stopft sich ein Kaubonbon nach dem anderen in den Mund, während sie mir erzählt, was Ham zu ihr gesagt hat. Er hat gesagt, sie wären noch zu jung für eine ernste Beziehung, usw., usw. Ihre Beziehung nehme zu viel Zeit in Anspruch, usw., usw. Ich kann mir gut vorstellen, wie Ham mit Kat Schluss gemacht hat. Wie ich ihn kenne, hat er geredet und geredet und geredet …

9:25

Kat: »Das Schlimmste ist, *er* wollte, dass wir uns die ganze Zeit treffen!«

Ich: »Äh … bist du sicher? Du warst auch ganz schön anhänglich …«

Kat: »Ach, du hast ja recht! Ich war so blöd! In den Ferien habe ich dich nicht ein einziges Mal angerufen. Und trotzdem bist du jetzt hier. Du hattest so recht! Alle Männer sind Idioten! Alle! Sogar mein Vater!«

Ich: »Dein Vater ist in Ordnung.«

Kat: »Und weißt du, was das Allerschlimmste ist?«

Ich: »An deinem Vater?«

Kat: »Nein, an Ham. Er hat gesagt, er wollte schon lange Schluss machen. Aber er hat es nicht getan, weil … Weihnachten war!«

Und sie fängt wieder an zu heulen. Aber so richtig.

10:02

Kat hat sich ein bisschen beruhigt. Jetzt hat sie Wut in den Augen.

Kat: »Du hattest recht! Ich werde jetzt wie du! Ich will keinen Freund. Kotz! He, Am!« (Sie putzt sich die Nase.) »Ich hab eine Idee!«

Ich: »Was?«

Kat: »Wir suchen uns erst in der Zwölften einen Freund. Zwei Wochen vorm Abschlussball. Und direkt nach dem Ball lassen wir sie sitzen!«

Ich: »Hm. Meinst du?«

Kat: »Oh Mann! Ich habe so viel blödes Zeug über die Liebe gefaselt … du musst mich für völlig bescheuert gehalten haben!«

Ich: »Tja … kann ich nicht abstreiten …«

Kat: »Dabei hast du die ganze Zeit recht gehabt. Jungs sind Idioten.«

Ich: »Na ja, nicht *alle* Jungs. Und die Mädchen sind manchmal auch nicht besser ...«

Kat: »Wir machen es jetzt so, wie du immer gesagt hast! Kein Freund! O.k.?«

Ich: »Öh ... ja ... das habe ich irgendwann mal gesagt, aber jetzt ...«

Kat futtert ihre Maoams. Ihre Traurigkeit scheint in Wut übergegangen zu sein.

Ich: »Ist das nicht ein bisschen ... drastisch?«

Kat: »Nein! Liebe macht einfach nur blöd! Oh Mann, ich habe Simple Plan schlecht gemacht! Kannst du dir das vorstellen? Ich! Katryne Demers! Ich habe schlecht über Simple Plan geredet!«

Ich: »Tja, stimmt schon.«

Kat: »Weißt du, was die Liebe tut? Weh! Liebe tut weh! Und deshalb ist es damit jetzt vorbei! Für! Immer! O.k.?«

Kat isst weiter Maoam und weint nicht mehr. Sie schaut mich bittend an und ihre Augen funkeln (sie sieht fast wie eine Manga-Figur aus).

Ich: »Ähm ... na gut ... o.k.«

Februar

Kurz vorm Durchdrehen

Mittwoch, 1. Februar

Definition im Wörterbuch:
Freund: Substantiv, maskulin. Beispiele: jemandes Freund bleiben, sein, werden; gut Freund [mit jemandem] sein. 1) Person, die einer anderen in Freundschaft verbunden ist, ihr nahesteht 2) Person, die mit einer Frau oder einem Mann zusammen ist [und mit der sie oder er zusammenlebt] 3) Person, die etwas Bestimmtes besonders schätzt 4) Person, die etwas besonders unterstützt oder fördert 5) Gesinnungsgenosse, Parteifreund o. Ä. 6) vertrauliche Anrede.

Also, da steht nichts davon, dass man nicht mit einem Jungen zusammen sein darf, ohne es seiner besten Freundin zu sagen. Wenn das nicht in der Definition steht, ist das wohl allgemein so anerkannt. Andernfalls müsste ja darauf hingewiesen werden, dass das eine der freundschaftlichen Grundregeln ist. Es wird aber nicht darauf hingewiesen, und das heißt, dass ich keine Regel breche. Solange Kat nicht erfährt, dass ich mit Nicolas zusammen bin, ist alles in Ordnung. Und trotzdem kann niemand mir vorwerfen, eine schlechte Freundin zu sein.

Puh! Gut, dass ich nachgeschlagen habe!

Freitag, 3. Februar

Mathe. Kat schickt mir einen Zettel, auf den sie Ham als Leiche gemalt hat. Sie hat die Zeichnung beschriftet, um mir mitzuteilen, dass Ham gemeint ist (sonst wäre das auch schwer zu erkennen gewesen, Kats Zeichenkünste sind echt miserabel). Daneben hat sie mindestens 25-mal geschrieben: »Ich hasse ihn!« Als ich den Zettel unauffällig in meine Tasche stecke, sehe ich, wie eine Träne über Kats Wange läuft und auf ihr Mathebuch fällt. Im selben Moment sagt Madame Gagnon: »Es ist zwanzig vor, holt eure Hefte raus ...« Ich melde mich und schnipse mit dem Finger, damit ich auch bemerkt werde.

Madame Gagnon: »Ja, Amélie?«

Ich: »Ich habe mich gerade etwas gefragt ...«

Madame Gagnon: »Ja?«

Ich: »Warum sagt man eigentlich ›zwanzig vor‹, wenn man die Uhrzeit angibt?«

Madame Gagnon: »Wie bitte?«

Ich: »Ich habe mich gefragt, warum man nicht sagt, wie spät es *ist*, statt zu sagen, wie spät es *noch nicht* ist?«

Zwanzig vor

Monsieur Beaulieu: »Amélie Laflamme, dich habe ich ja schon lange nicht mehr in meinem Büro gesehen.«

Ich (den Tränen nahe): »Ich dachte ... wirklich ... dass ...«

Monsieur Beaulieu: »Was ist passiert?«

Ich reiße mich zusammen, um nicht loszuheulen, so wie sonst immer, wenn ich zum Direktor geschickt werde.

Ich: »Ich ... frage mich schon lange, warum manche Leute nicht einfach die Uhrzeit sagen, die gerade ist. Warum sagt man zum Beispiel, es ist ›Viertel vor‹ oder ›fünf vor‹, statt zu sagen: ›es ist 9:55‹. Das wäre doch viel einfacher.«

Monsieur Beaulieu: »Lernt man die Uhrzeit nicht in der Grundschule, Amélie?«

Ich: »Doch. Aber in der Grundschule habe ich solche Sachen einfach auswendig gelernt und mich nicht gefragt, warum das so ist. Heute weiß ich mehr und deshalb stelle ich mir mehr Fragen.«

Monsieur Beaulieu: »Hm ... ich verstehe. Aber das war vielleicht nicht der passende Moment.«

Ich: »Madame Gagnon hat gesagt, es sei ›zwanzig vor‹. Und wir hatten Mathe. Um die richtige Uhrzeit rauszukriegen, muss man rechnen. Rechnen gehört zu Mathe. Also habe ich gedacht, der Moment sei passend.«

Monsieur Beaulieu: »Verstehe. Du hast das also nicht etwa gesagt, um den Unterricht zu stören, was?«

Ich: »Nein ... natürlich nicht.«

Monsieur Beaulieu: »Sicher?«

Ich: »Diese Frage stelle ich mir *wirklich*. Außerdem ist das echt kompliziert. Man sagt: ›zwanzig vor, Viertel vor, fünf vor‹, aber man sagt nicht ›dreiundzwanzig vor, Drittel vor, elf vor‹. Man nimmt Zahlen, die ein Vielfaches von fünf sind. Da kann man sich doch wohl mal fragen, warum das so ist ... Schließlich bin ich in der Schule, um was zu lernen, oder nicht?«

Monsieur Beaulieu: »Amélie, Amélie ...«

Ich: »O. k., wenn Sie unbedingt die ganze Wahrheit wissen wollen ... die Frage stelle ich mir wirklich, aber außerdem ... geht es meiner Freundin Kat gerade echt schlecht und ich wollte sie zum Lachen bringen.« (Zum Glück bin ich keine Geheimagentin. Die Geheimnisse meines Landes wären bei mir nicht gerade in den besten Händen ...)

Monsieur Beaulieu: »Aha. Und warum geht es ihr schlecht?«

Ich: »Weil ...« (Halt! Stopp! Genug des Hochverrats!) »Das ist geheim ... Ich habe ihr versprochen, es niemandem zu verraten. Und ich bin ihre beste Freundin. Eine beste Freundin ist mehr als jemand, neben dem man in der Schule sitzt. Diese Freundschaft ist heilig! Aber ich schwöre Ihnen, dass es stimmt!«

Monsieur Beaulieu: »Ich glaube dir ja. Gut, also, ich sage dir, was wir jetzt machen. Du entschuldigst dich bei Madame Gagnon und musst dafür nicht nachsitzen. O. k.?«

Ich: »O. k.! Vielen Dank, Monsieur Beaulieu!«

Ich nehme meine Tasche und gehe zur Tür, dann drehe ich mich um und frage:

»Wissen *Sie* denn, warum man ›zwanzig vor‹ sagt?«

Monsieur Beaulieu: »Das ist ... eine Art, die Uhr zu lesen.«

Ich: »Das ist mir schon klar, aber das erklärt nicht, warum das so ist. Haben Sie was dagegen, wenn ich nach meiner Entschuldigung Madame Gagnon danach frage?«

Monsieur Beaulieu: »Amélie!«

Ich: »Schon gut, schon gut.«

12:30

Es ist mir etwas unangenehm, im Lehrerzimmer zu erscheinen. Die Lehrer sind immer ins Gespräch vertieft, halten eine Kaffeetasse in der Hand, und wenn eine Schülerin reinkommt, tun sie so, als würden sie sie nicht sehen. Ich klopfe an den Türrahmen, um mich bemerkbar zu machen. Die Geschichtslehrerin der Zwölften, die ich nicht persönlich kenne, steht auf und kommt zu mir (gezwungenermaßen, weil sich von den anderen niemand rührt).

Ich: »Ist Madame Gagnon da?«

Geschichtslehrerin: »Ja. Einen Augenblick.«

Ein paar Lehrer lachen laut über einen Witz, den ich nicht gehört habe. In einer Ecke entdecke ich Monsieur Beaulieu, der tief in Gedanken zu sein scheint. Vielleicht treibt ihn meine Frage zur Uhrzeit jetzt auch um. Aus eigener Erfahrung kann ich sagen, dass man, wenn man einmal anfängt, über diese Dinge nachzugrübeln, so schnell nicht wieder damit aufhört.

Madame Gagnon erscheint an der Tür. Sie riecht nach Zigaretten. Ich bleibe im Türrahmen stehen und sage:
»Ich möchte mich für meine Frage eben entschuldigen, aber …«

Ich sehe, dass Monsieur Beaulieu aufschaut und ganz leicht den Kopf schüttelt.

Ich: »Tut mir leid.«

Monsieur Beaulieu nickt beifällig.

Madame Gagnon: »Ist schon in Ordnung. Aber hör auf, im Unterricht zu stören. Das ist auf die Dauer anstrengend!«

Ich: »Ich werd's versuchen. Ähm … ich meine, ja. Ja im Sinne von nein, ich werde nicht mehr stören.«

Madame Gagnon: »Geh jetzt mittagessen, es ist schon Viertel vor!«

Ich will Monsieur Beaulieu zum Abschied zuwinken, aber er scheint in ein Buch vertieft zu sein. Ich kann sehen, dass er lächelt.

12:47

Kat hat mit dem Essen auf mich gewartet.

Kat: »Du hast mich in Mathe so zum Lachen gebracht! Mir ist schon der Rotz in der Nase hochgestiegen, so musste ich das Lachen unterdrücken, während du beim Direktor warst!«

Tja, so eine schlechte Freundin bin ich vielleicht doch gar nicht. Ich habe zwar ein Geheimnis vor ihr, aber das ist nur eine Kleinigkeit. Dafür habe ich andere Vorzüge.

12:59

Ich habe eine zweite Portion Nachtisch geholt und sie mit Kat geteilt. Was denn? Sie hat extra mit dem Essen auf mich gewartet, also hat sie das verdient. Es geht mir *überhaupt nicht* darum, ihre Freundschaft zu erkaufen.

13:29
In Französisch bemühe ich mich, nicht mit den Gedanken abzuschweifen. Man müsste mich ins Gefängnis stecken. Ich bin eine schreckliche Freundin!

20:31
Während meine Mutter sich eine Soap im Fernsehen anguckt, recherchiere ich mit ihrem Laptop im Internet.
»Kein Ergebnis für ›Warum sagt man zwanzig vor, obwohl es ... Uhr vierzig ist‹ gefunden.«

Dieses Scheiß-Google funktioniert echt nie!!!!!!!!!!!!!!!!!

Dienstag, 7. Februar

Heute in Bio hat Schwester Rose über die Bedeutung des Gehirns für das Schmerzempfinden gesprochen: »Laut einer neuen Studie kann die Erwartung eines unangenehmen Gefühls echte Schmerzen hervorrufen. Neurologen haben herausgefunden, dass diese Art der negativen Erwartung Hirnbereiche aktiviert, die dem Schmerzempfinden zugeordnet sind. Den Probanden wurden nach einer unvorhersehbaren Wartezeit elektrische Stöße verpasst. Tja, und diese Wartezeit war so unangenehm, dass ein Viertel der Probanden es vorzog, umgehend einen stärkeren Stromstoß zu bekommen als einen schwächeren nach einer Wartezeit.«

10:01
Ich weiß, dass Kat sehr enttäuscht sein wird, wenn sie erfährt, dass Nicolas mein Freund ist und ich ihr nichts davon gesagt habe. Aber seltsamerweise geht es mir ganz anders als den Versuchsprobanden. Ich warte lieber, bis ich es ihr sage, und zögere den Moment hinaus. Was wieder einmal beweist, dass ich völlig anders ticke als der Rest der menschlichen Spezies.

Donnerstag, 9. Februar

Nach der Schule war ich bei Kat und nach dem Abendessen bin ich mit Nicolas verabredet. Ich führe ein echtes Doppelleben (ich will damit nicht angeben, das ist nur eine Feststellung).

16:24

Kat hat Julianne von unserem Pakt erzählt, bis kurz vorm Abschlussball keinen Freund zu haben. Julianne macht uns immer alles nach – besser gesagt, sie macht *mir* alles nach, seit ich für sie ihre Hamsterbabys in die Zoohandlung gebracht habe, weil sie sie nicht behalten durfte (echt mal, es gibt eine Million Stars auf der Welt, warum muss sie sich ausgerechnet *mich* als Vorbild aussuchen?) – und sie hat natürlich beschlossen, unserem Pakt beizutreten. Ganz zur Freude Kats, die meint, ihre Schwester »gegen die Macht des Bösen« zu beschützen. Das waren ihre Worte. O.k., bevor ich Nicolas kennengelernt habe, fand ich auch alle Jungs bescheuert – aber nicht so sehr, um sie alle mit dem fiesen Darth Vader aus *Star Wars* gleichzusetzen!

16:25

Oh Gott! Ich habe ein männerhassendes Monster geschaffen!

19:00

Nach dem Abendessen habe ich mich wie verabredet mit Nicolas an der Ecke seiner Straße getroffen. Wir haben angefangen zu knutschen. Mir lief ein Schauer über den Rücken und ich hatte das Gefühl, alles um mich herum würde sich drehen. Ich weiß nicht, ob das daran lag, dass 1) ich mich meiner Freundin gegenüber schuldig fühle, 2) Nicolas eine Art Darth Vader ist, oder 3) es draußen minus eine Million Grad kalt ist.

19:17

Nicolas hat gemerkt, dass mir kalt ist, und hat vorgeschlagen, ins Haus zu gehen. Er ist echt aufmerksam! Titilititiiiiii!

Definition von »Titilititi« oder genauer gesagt der »Funktionsstörung meines Gehirns in Nicolas' Gegenwart«: Wenn ich Nicolas ansehe, wenn er etwas Nettes sagt oder wenn ich einfach nur an ihn denke, werden meine Knie weich und ich verliere jegliche Sprachkompetenz und habe einfach nur noch »Titilititi« im Kopf. Das liegt außerhalb meiner Kontrolle, denn wenn ich mich unter Kontrolle hätte, würde ich wohl etwas Sinnvolleres denken als »Titilititi«. Vielleicht sind auch einfach die Kabel in meinem Gehirn nicht richtig verlegt. Das würde jedenfalls erklären, warum ich in der Schule immer das Wichtigste verpasse.

To do: Das Image des männlichen Geschlechts bei Kat aufpolieren.

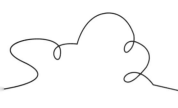

Freitag, 10. Februar

Bis jetzt habe ich wegen meiner top-geheimen Beziehung noch keine Probleme bekommen. Dass Nicolas und ich nicht auf dieselbe Schule gehen, macht die Sache einfacher. Gestern wollte er mich nach dem Unterricht abholen, aber ich habe vorgegeben, dass ich diese Woche wahnsinnig viel lernen müsse (also meine Gehirnzellen anstrengen, was ja, wie schon erwähnt, in seiner Anwesenheit völlig unmöglich ist). Ich habe mir gesagt, wenn er mich deswegen blöd findet, dann hieße das, dass er nicht auf schlaue Frauen, sondern auf dumme Nudeln steht. Und das wiederum hieße, dass er mich bis dahin für eine dumme Nudel gehalten hat. Und ich habe keine Lust auf einen Freund, der mich für eine Nudel hält oder sich generell für Nudeln interessiert (natürlich metaphorisch gesprochen, auf echte Pasta darf er natürlich scharf sein). Und wenn das so wäre, könnte ich endlich mit ihm Schluss machen und müsste Kat nicht länger anlügen. Aber er hat gesagt, das verstehe er und er finde es *sexy*, dass mir meine Bildung wichtig ist. Er hat gesagt, er werde versuchen, nur noch unter der Woche abends zu arbeiten, damit wir am Wochenende mehr Zeit füreinander haben.

Ich habe entgegnet:

»Stell bloß nicht dein ganzes Leben für mich auf den Kopf! Damit fangen wir gar nicht erst an, unser ganzes Leben auf eine Beziehung auszurichten. Mach einfach so weiter, als wäre ich gar nicht da, wir werden das schon regeln.«

Darauf hat er erwidert:

»Aber du bist da! Und ich will dich sehen!«

Ich habe gesagt:

»Wir sehen uns einfach dann, wenn es sich ergibt.«

Mittags

Beim Essen stochert Kat lustlos in ihrem Steak herum.

Ich: »Alles o. k.?«

Kat: »Hmpf ...«

Ich: »Denkst du an Ham?«

Kat: »Die Wochenenden sind am schlimmsten. Wir haben die Wochenenden immer zusammen verbracht.«

Ich: »Ja ... ich weiß.« (Während ich allein herumhocken musste!)

Kat: »Ich hasse Jungs! Und Männer im Allgemeinen!«

Eine der Nonnen, die bei uns unterrichten, geht an unserem Tisch vorbei und Kat senkt die Stimme.

Kat: »Meinst du, die ist Nonne geworden, weil sie auch Männer hasst?«

Ich: »Wieso? Ziehst du das für dich in Erwägung?«

Kat: »Warum nicht? Aber erst mal sind andere Sachen dringender. Ich habe beschlossen, dass meine Eltern sich scheiden lassen müssen, damit meine Mutter, meine

Schwester und ich allein leben können. Und unser Hamster Caprice, die ist ja auch ein Mädchen.«

Ich: »Kat … du übertreibst. Sei froh, dass deine Eltern noch zusammen sind.«

Kat: »Männer sind Idioten! Gestern hat mein Vater die ganze Zeit gesungen: ›So was Dum-mum-mes, so was Dum-mum-mes‹. Ich habe ihn gefragt, was denn so dumm ist, nach dem Motto: ›Was bitte kann so dumm sein, dass du so ein dummes Lied singst?‹ Und weißt du, was er gesagt hat?«

Ich: »Nein.«

Kat: »›Ich finde meinen Hammer nicht.‹ Er hat seinen Hammer gesucht, verstehst du?«

Ich: »Ja, und?«

Kat: »Und deshalb hat er gesungen, dass es dumm ist, dass er ihn nicht findet.«

Ich: »Ja, na und?«

Kat: »Mein Vater *und* Ham *und* alle Männer auf der Welt sind total bescheuert!«

Ich: »Dein Vater ist voll cool! Ich finde, du solltest dir ein anderes Hobby suchen, als Männer zu hassen.«

Kat: »Du hast recht … Wollen wir heute Abend ins Jugendzentrum? Ich hätte Lust auf eine Runde *Dance Dance Revolution*.«

Ich: »Bist du sicher, dass es dir nicht darum geht, Ham über den Weg zu laufen?«

Kat: »Nein! Mir geht es um mein Hobby. Nicht um Ham. Sondern um *Dance Dance Revolution*.«

16:55

Vor dem Essen klingelt das Telefon. Es ist Nicolas. Er fragt, ob wir was zusammen machen wollen. Aber ich bin ja schon mit Kat im Jugendzentrum verabredet. Ich sage: »Ich habe schon was mit Kat vor. Wir ... äh ... gucken einen Film. Bei mir zu Hause.«

Er: »Kein Problem. Dann gehe ich mit Raphael ins Jugendzentrum.«

Scheiiiiiße! Jetzt kann ich nicht ins Jugendzentrum gehen, weil dort Nicolas rumspringt, der mich küssen und seinem Kumpel Raphael vorstellen und sagen würde: »Das ist meine Freundin, Amélie.« Und Kat würde alles mitkriegen und erfahren, dass ich einen Freund habe, obwohl ich ihr versprochen habe, bis zwei Wochen vorm Abschlussball damit zu warten, also noch mindestens zwei Jahre! Wenn ich ins Jugendzentrum gehe, weiß Kat, dass ich gelogen habe, und Nicolas weiß es auch, und er wird sich fragen, warum. Ich bin erledigt!

18:00

Ich rufe bei Kat an:

»Kat, ich habe keine Lust aufs Jugendzentrum.«

Julianne: »Einen Moment. KAAAAAAAT!«

Ups, falsche Person. Verrückt, wie sehr sich ihre Stimmen ähneln.

Ich habe Kat überzeugt, dass es im Jugendzentrum von Vertretern der männlichen Spezies nur so wimmelt und wir uns folglich von diesem Ort fernhalten sollten. Sie fand mich genial. (Oh Mann, fühle ich mich schlecht.)

Ich habe sie zum DVD-Gucken zu mir nach Hause eingeladen. Meine Mutter ist heute Abend mit meiner Tante Louise verabredet. (Vorteil dieses Arrangements ist, dass ich Nicolas nicht angelogen habe. Also lüge ich nur eine Person an: Kat, meine beste Freundin. Autsch!)

18:23

Kat hat den Film *Dreamer – Ein Traum wird wahr* mit Dakota Fanning mitgebracht. Sie hat gesagt, sie wolle auf keinen Fall einen Liebesfilm sehen, weil sie das nur noch mehr deprimiere. Sie glaube sowieso nicht mehr an die Liebe und Liebesfilme seien nur Propaganda für ein völlig überschätztes Gefühl.

Vor ein paar Wochen noch hätte diese Theorie von mir stammen können. Aber heute höre ich mir diese Worte aus Kats Mund an, presse die Lippen zusammen und blicke zu Boden, ohne etwas zu erwidern.

19:00

Ich würde mir den Film ja gerne anschauen, aber das ist schwierig, wenn Kat alle zwanzig Sekunden auf »Pause« drückt und auf Ham schimpft ... oder ihren Vater! Folgende Beschwerden durfte ich mir bereits anhören:

»Ham hat sich dauernd wiederholt.«

»Mein Vater hat Chicken Wings gegessen und sich die Hände an der Hose abgewischt ... Bäh!«

»Ham ist ein total bescheuerter Spitzname.«

Usw., usw., bis ich irgendwann sauer werde und sage:

»Kat, gucken wir jetzt den Film oder nicht?«

Kat: »O. k., o. k., wenn es dir so wichtig ist.«

Ich: »*Du* hast den Film doch mitgebracht!«

Kat: »Ja, aber er ist blöd. Ich habe ihn nur genommen, weil es kein Liebesfilm ist!«

Ich: »Der Film ist nicht blöd! Wenn du nicht alle zwei Sekunden auf Pause drückst, können wir uns vielleicht mal auf die Geschichte einlassen.«

Erst konnte ich mir die Werbeveranstaltungen für Ham anhören und jetzt das Geschimpfe über ihn. Ich frage mich, ob ich dazu verdammt bin, mir bis ans Ende meines Lebens Sachen über ihn anzuhören, ob nun gute oder schlechte …

20:05
Meine Mutter kommt nach Hause. Sie fragt, welchen Film wir schauen, und setzt sich zu uns.

20:55
Meine Mutter, Kat und ich heulen wie die Schlosshunde. So ein schöner rührender Film!

21:00
Kat heult immer noch.

21:05
Keine Chance, Kat zum Aufhören zu bringen.

21:10

Meine Mutter nimmt Kat in die Arme, sieht mich fragend an und zuckt die Schultern. Ich versuche ihr durch Zeichen verstehen zu geben, dass Ham Schluss gemacht hat.

21:15

Kat hört auf zu heulen. Sie versucht, wieder normal zu atmen, und meine Mutter bringt ihr ein Glas Wasser.

Kat: »Je besser mir der Film gefiel, desto klarer wurde mir, wie sehr Ham ihn gehasst hätte. Er war so ein Snob! Warum war ich bloß mit ihm zusammen, warum? Warum hat mir keiner gesagt, dass er so blöd ist? Warum hat mich niemand gewarnt, dass Männer bescheuert sind?«

Ich: »Ich hab's ja versucht …«

Ups. Das hilft mir in meiner Lage gerade nicht weiter.

Kat: »Am, du hast gesagt, ich solle etwas finden, das mich begeistert! Und das habe ich. Pferde!«

Ich: »Häh? Seit wann das denn?«

Kat: »Seit ich diesen Film gesehen habe! Ich will reiten lernen!«

Ich: »Diesen Film hast du gerade eben erst gesehen!«

Kat: »Aber das war eine Erleuchtung!«

Samstag, 11. Februar

Ich habe Kat gesagt, dass ich heute mit meiner Mutter ins Kino gehe (was nicht stimmt), weil ich den Tag mit Nicolas verbringen will.

Heute Morgen hat er angerufen und mich zum Nintendo-Spielen eingeladen. Aber als ich ihm von meinem Vorsatz erzählt habe, mehr Sport zu machen, hat er vorgeschlagen, eislaufen zu gehen.

Mann, zugegeben, Nicolas ist echt cool.

Titilititiiiiiii!

13:52

Wir haben uns im Park bei dem kleinen Pavillon getroffen, wo man seine Schlittschuhe anziehen kann. Ich wollte nicht, dass er mich abholt, weil meine Mutter (die schon anfängt, mir Löcher in den Bauch zu fragen) nicht wissen soll, dass ich einen Freund habe (hihi! Ich habe einen Freund!). Nicht, weil sie das stören würde. Aber sie könnte sich vor Kat verplappern und eine Mega-Explosion negativer Gefühle zwischen mir und meiner besten Freundin auslösen. Außerdem will ich das Ganze gerne für mich behalten. Man muss seiner Mutter doch nicht alles erzählen. Ich mache ja nichts Verbotenes! Wenn sie mich mit ihren Fragen löchert, sage ich nur: »Nicht jeder braucht einen Freund, um glücklich zu sein.« Ich hoffe, die Botschaft kommt an: »Und du brauchst auch keinen Mann, um glücklich zu sein«, damit sie ihre romantischen Absichten noch mal überdenkt und aufhört, im Internet mit (mutmaßlichen) Verrückten zu chatten!

14:15

Ich bin schon ewig nicht mehr Schlittschuh gelaufen und rutsche alles andere als elegant übers Eis! Ich fühle mich wie Bambi (auch wenn Bambi männlich ist) in der Szene, in der er über den gefrorenen See stolpert. Nicht, dass ich den ganzen Film auswendig könnte (als würde ich den Film pausenlos gucken, pah), das ist nur so eine verschwommene Erinnerung. Und außerdem ist das ja auch eine wichtige Szene (das muss ja auch mal gesagt werden) dieses großen Zeichentrick-Klassikers.

14:18

Nicolas lacht und nimmt mich bei der Hand, um mich zu stützen. Mein Vorsatz, mehr Sport zu machen, ist echt schlau, weil ich so vielleicht gleichzeitig auch bessere Noten in Sport bekomme. Mein schlechtestes Fach! Komisch eigentlich, das einzige Fach, das dem Gehirn keine besonderen Leistungen abverlangt. Hm …

Ha, ich bin sicher, Ham würde sagen: »Doch, natürlich fordert Sport Leistungen vom Gehirn, weil das Gehirn beim Sport Endorphine ausschüttet und Serotonine, und blablablablabla …«

Oh wow! Ich erinnere mich an den Bio-Unterricht!

Wahnsinn! Mir gefällt der Gedanke, dass mein Gehirn tatsächlich in der Lage ist, sich Begriffe zu merken und Serotonine auszuschütten. Aber warum zum Teufel produziert es Bilder von Ham, dem Ex-Blödmann ... äh, Ex-Freund meiner besten Freundin?

14:20

Nicolas hält mich an beiden Händen und fährt rückwärts. Mir kommt es vor, als wäre alles verschwommen – außer seinen Augen. Um uns herum weißer Schnee, kahle Äste, jede Menge Leute – aber ich sehe nur seine Augen.

14:21

Oh, Scheiße! Jetzt ist es so weit! Genau davor hatte ich Angst! Ich bin bescheuert geworden!

14:23

Nicolas steuert uns an den Rand der Eisbahn. Einen Augenblick lang stehen wir uns ganz nah gegenüber und wie immer in solchen Momenten küssen wir uns. Und natürlich werden meine Knie weich. Sehr unpraktisch, wenn man auf Schlittschuhen steht. Ich beginne zu schwanken und Nicolas hält mich fest. Wir lachen uns kaputt. Dann rückt er ein Stück zurück und sieht mich an.

Er: »Amélie, ich lie...«

Ich: »Ooooooooh, Scheiiiiiiße!«

Hinter ihm sehe ich von Weitem Kat durch den Park gehen. Sie kommt direkt auf uns zu. Ohne nachzudenken, schubse ich Nicolas in den Schneewall, der die Eisfläche umgibt, und hoffe, dass sie uns noch nicht gesehen hat. Dann klettere ich in meinen Schlittschuhen über den Wall und renne durch den Park. Wenn ich schon auf dem Eis wenig elegant unterwegs war, ist es auf dem Schnee 1000-mal schlimmer.

14:25

Kat: »Am! Was machst du denn hier? Bist du nicht im Kino?«

Ich: »Äh … meine Mutter hatte doch noch etwas zu tun. Da bin ich eislaufen gegangen.«

Kat: »Ganz allein?«

Ich: »Ja. Ich brauchte … Bewegung.«

Ich wackle mit dem Hintern, um meine Aussage zu bekräftigen.

Kat (sieht mich perplex an): »Aha.«

Ich: »Ich habe fürs neue Jahr ein paar gute Vorsätze und dieses Jahr will ich sie unbedingt halten.«

Kat: »Verstehe.«

Ich: »Was machst du hier?«

Kat: »Ich war ein bisschen traurig und wollte eine Runde spazieren gehen. Aber da du auch hier bist, könnte ich mir Schlittschuhe leihen und mit dir eislaufen.«

Ich blicke unauffällig zur Eisfläche und sehe, wie Nicolas sich den Schnee abklopft. Er hält nach mir Ausschau, also packe ich Kat am Arm und ziehe sie hinter einen Baum, wo er uns nicht sehen kann. Vermutlich muss ich ab jetzt sowieso nicht mehr lügen, weil er nach dieser Aktion bestimmt nichts mehr von mir wissen will.

101

Ich: »Wollen wir nicht lieber was anderes machen?«
Kat: »Ja! Wir leihen uns *Seabiscuit*! Das ist auch ein Pferdefilm, der soll supergut sein!«
Ich: »O. k.«
Ich sehe, dass Nicolas ein paar Freunde getroffen hat und am anderen Ende der Eisfläche mit ihnen Hockey spielt. Ein Glück. Ich habe also freie Bahn, um meine Schuhe zu holen.

Sonntag, 12. Februar

Ich bin ein absolut schrecklicher Mensch! Ich sollte Nicolas anrufen und ihm alles erklären. Wie soll er begreifen, warum ich ihn auf einmal in einen Schneehaufen geschubst habe und ohne ein Wort davongestürmt bin?
Den Rest des gestrigen Tages habe ich mit Kat verbracht. Wir haben *Seabiscuit* geguckt, und der Film hat sie endgültig in ihrem Pferdewahn bestätigt.
Kat hat Liebeskummer. Es wäre echt egoistisch, wenn ich ihr nicht beistehen würde. Wenn ich Liebeskummer hätte, würde Kat mir auch beistehen. O. k., dazu müsste sie erst mal wissen, dass ich einen Freund habe und dass ich diesen Freund gerade in einen Schneehaufen ge-

schubst habe und dass unsere Beziehung dementsprechend wohl nicht mehr lange halten wird. Puh … kompliziert das Ganze. Aber jedenfalls, wenn man sich zwischen einer Freundin mit Liebeskummer und einem gut gelaunten Typen entscheiden muss, ist die Wahl doch ganz klar: natürlich die Freundin mit Liebeskummer!
Außerdem war das ja einer der Gründe, warum ich keinen Freund haben wollte. Um nicht zu jemandem zu werden, der alle anderen Leute vergisst und sich nur noch auf eine Person konzentriert: auf einen Typen, den man seit wann kennt … zehn Minuten? (Na gut, im Fall von Nicolas und mir geht das schon etwas länger, aber das war ja auch nur metaphorisch gemeint.)

10:36

Wenn ich die richtige Entscheidung getroffen habe, warum habe ich dann so ein schlechtes Gewissen wegen Nicolas?

10:37

Wenn er nicht versteht, dass meine Freundin Liebeskummer hat, ist er einfach nur blöd!

10:38

Das Problem ist, ich habe ihm gar keine Chance gegeben, es zu verstehen.

103

10:45

Ich bin ein schrecklicher Mensch! Schrecklich! Eine Lügnerin! Der schlimmste Mensch im Universum. Wenn nicht gar ein Monster.

10:50

AAAAAAARRRRGGGHHHHH!!!!!!! Das ist unerträglich!

11:20

Ich werde ihn anrufen. Und mich entschuldigen. Guter Plan.

11:25

Aber … wenn ich ihn nicht anrufe, umgehe ich jede Menge Probleme. Zum Beispiel Probleme der Art, die Kat gerade durchmacht.

11:27

Nein. Ich muss ihn anrufen. Ich hätte ihn verletzen können, als ich ihn in den Schnee geschubst habe. Und ich will nicht für den Rest meines Lebens Gewissensbisse haben.

Ich wähle.

Es klingelt.

Mann (Vater von Nicolas): »Hallo?«

Ich: »Hallo. Könnte ich Nicolas sprechen?«

Mann: »Ah! Hallo Amélie! Er ist gerade bei seiner Mutter. Soll ich dir die Nummer geben?«

Mann, mit meiner Stimme kann ich anscheinend nie unerkannt bleiben.

11:30

Ich warte bis 11:31, das wirkt irgendwie lässiger.

11:31

Ich wähle. Es klingelt.

Frau (bestimmt die Mutter von Nicolas): »Ja?«

Ich: »Ähm … könnte ich bitte Nicola… ha … HAT-SCHI!«

Ich lege sofort auf. Wie peinlich!!!!!!!!! Mein erster Kontakt mit seiner Mutter ging total daneben!

11:32

O.k., ich muss wohl noch mal anrufen.

Vielleicht nimmt ja dieses Mal jemand anders ab.

Ich wähle.

Es klingelt.

Frau (prompt): »Ja!«

Ich (schüchtern): »Ähm … könnte ich bitte mit Nicolas sprechen?«

Frau: »Wie bitte?! Ich habe nichts verstanden!«

Puh! Eisiger hätte sie nicht reagieren können. Am liebsten würde ich gleich wieder auflegen (oder, noch kindischer, anfangen zu heulen). Aber dann müsste ich noch mal anrufen, und das würde meine Kräfte übersteigen. Ich würde also nie wieder anrufen. Ich würde ihm aus dem Weg gehen. Und ihn erst in 25 Jahren wiedersehen, von Gewissensbissen verzehrt, auf meinem Sterbebett – denn vor lauter Gewissensbissen hätte ich Krebs bekommen –, ich würde warten, dass er kommt, damit ich mich endlich entschuldigen und in Frieden sterben könnte. Im Namen meiner Gesundheit und meines Lebens muss ich mich also über die zickige Art seiner Mutter hinwegsetzen.

Ich (schreiend): »KÖNNTE ICH BITTE MIT NICOLAS SPRECHEN?«

Frau (noch eisiger): »Er arbeitet heute. Tschüss.«

Und legt auf.

So eine blöde Kuh!

12:29

Ich betrete die Zoohandlung, in der Nicolas arbeitet, und vernehme die vertrauten Geräusche, die ich so lange nicht mehr gehört habe. Bono, der Papagei, krächzt »Hallo«, die Hunde bellen, die Vögel singen. Ich versuche, mich ungesehen an dem Mädchen mit den roten Haaren (mittlerweile ist die Tönung fast raus) vorbeizudrücken. Ich gehe in die Ecke mit dem Katzenkäfig. Es sind viele neue Kätzchen drin (aber keins ist so süß wie Sybil).

12:37

Ich kann Nicolas nirgends entdecken. Er muss im Hinterzimmer des Ladens sein, aber da traue ich mich nicht rein. Ich werde warten, bis er rauskommt.

13:01

Immer noch kein Nicolas.

13:14

Ich habe keine Lust mehr zu warten. Ich habe nur zwei Optionen: a) ich gehe oder b) ich wage mich ins Hinterzimmer.

Ich schleiche mich durch die Tür. Ich sehe Nicolas, der in einer großen Spüle einen Käfig wäscht. Da er mich noch nicht bemerkt hat, kann ich immer noch zu Option a wechseln.

Ein Mann stellt sich mir in den Weg und packt mich am Arm.

Mann: »Was machst du hier?«

Option a! Option a!

Nicolas: »Amélie!« (Er wendet sich an den Mann.) »Ist in Ordnung, ich kenne sie.«

Der Mann lässt meinen Arm los.

Nicolas: »Was ist los …?«

Ich: »Ich wollte mich wegen gestern entschuldigen.«

Komisch, ich hatte zwar Zeit genug, aber ich habe mir nicht überlegt, wie ich mein seltsames Verhalten erklären will. Die Wahrheit wäre zweifellos das Beste. Aber ich kann mich nicht dazu durchringen, ihn zum Komplizen des Verbrechens zu machen, meine beste Freundin zu belügen. Es gibt bestimmt noch eine andere Lösung.

Nicolas: »Nein, es war mein Fehler. Ich stoße dich die ganze Zeit vor den Kopf. Du hattest mir gesagt, dass du nicht bereit für eine Beziehung bist, und ich …«

107

Ich: »Nein, das ist es nicht …«

Nicolas: »Gestern wollte ich … Aber das war natürlich viel zu schnell. Und da ist es dir zu viel geworden.«

Ich: »Es ist mir nicht zu viel geworden …«

Das wäre der richtige Moment, um ihm zu sagen, dass ich unsere Beziehung vor meiner besten Freundin geheim halte. Warum schaffe ich das nicht?

Nicolas: »Ich glaube, es ist besser, wenn wir einfach nur Freunde sind. Wie du gesagt hast.«

Nicolas schrubbt weiter an einem Gegenstand, den ich in der großen Spüle nicht sehen kann, und schaut mich nicht mehr an. Es stimmt, was er sagt. Mich auf eine Beziehung einzulassen und damit auch mögliche Verletzungen zu riskieren, in der Art wie Kats Liebeskummer wegen Ham oder die Trauer um meinen Vater, macht mir Angst. Aber wenn ich etwas in der *Miss* gelernt habe, dann 1) dass man nasse Haare besser mit dem Kamm als mit der Bürste kämmt und 2) dass ich mich, wenn ich mich von meinen Zwiebelhäuten befreie, in einen Kürbis verwandeln werde (meine persönliche Schlussfolgerung).

Ich: »Nein!«

Nicolas: »Nein was?«

Ich: »Ich will mit dir zusammen sein!«

Er hört auf zu schrubben und schaut mich an.

Nicolas: »Ach ja?«

Ich: »Ja! Aber gestern … Ich fand es sehr schön, es war nur …«

Nicolas: »Ich war dir ein bisschen zu schnell auf meinen Schlittschuhen, was?«

Ich hätte ihm am liebsten die Wahrheit gesagt, aber stattdessen habe ich gelacht und hatte nur noch ein Wort im Kopf:
»Titilititiiii«.

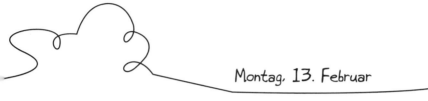

Montag, 13. Februar

Lehrerfortbildung = schulfrei!
Eigentlich wollte ich den Tag zum Lernen nutzen, aber alle 30 Sekunden klingelt das Telefon! Kat findet immer neue Dinge über Pferde heraus und träumt davon, dass ihre Eltern ihr eins kaufen, obwohl das bestimmt mehrere tausend Dollar kostet. Sie hat gesagt, sie wolle sich einen Job suchen, um selbst etwas dazuzuverdienen. Alle fünf Minuten hat sie einen neuen Plan. Wenn Kat gerade nicht anruft, dann Nicolas (zugegeben, ich freue mich, seine Stimme zu hören).
Gestern hätte ich die Sache mit Nicolas beinahe meiner Mutter gesagt. Kann ich mich meiner Mutter anvertrauen? Eigentlich würde ich es ihr gerne erzählen, allein schon weil ich gerne mit jemandem darüber reden würde. Ich habe es zwar Sybil verraten, aber sie schien unbeeindruckt. Sie hat sich nicht mal zu mir umgedreht, als

ich ihr davon erzählt habe, sondern weiter mit meinen Hausschuhen gespielt.

Wie würde ich ihr das sagen? »Mama, ich habe einen Freund.« Ich weiß nicht. Aber irgendjemandem muss ich es erzählen.

13:00

Ich bin nicht glücklich, weil ich einen Freund habe, denn ich wollte ja gar keinen. Ich bin glücklich, weil es Nicolas ist – und der ist einfach ein super Typ!

13:16

Bald werde ich es Kat gestehen. Aber im Moment ist es besser, das Geheimnis zu wahren. Nicht mehr lange. Nur noch ein kleines bisschen.

13:21

Am liebsten würde ich es der ganzen Welt erzählen!!!!

15:13

Ich habe mich ganz vielen Leuten gleichzeitig anvertraut! Ich habe die Abwesenheit meiner Mutter genutzt, um an ihrem Laptop für eine Aufgabe in Erdkunde zu recherchieren. Dabei habe ich einen interessanten Blog gefunden und all diesen Bloggern habe ich mitgeteilt, dass ich einen Freund habe. O. k., das hatte nicht wirklich etwas mit dem Thema des Blogs zu tun (es ging um Ökologie) und ich habe den Spitznamen »Bambi« benutzt (zu Ehren meines Schlittschuh-Tages mit Nicolas), also weiß niemand, dass ich es war. Aber es hat gutgetan, es ein paar Leuten mitzuteilen. Es ist nur etwas seltsam, wenn man den Blog besucht und liest:

Super-Öko, 14:27, schreibt:
»Wir müssen unbedingt in erneuerbare Energien wie Solarenergie, Bio-Kraftstoffe und Brennstoffzellen investieren.«

Füreinegrünezukunft, 14:45, schreibt:
»Das sehe ich auch so. Wir müssen dringend die nächste Demo organisieren, damit Regierung und politische Entscheidungsträger, Unternehmen und Investoren endlich verstehen, wie wichtig die Nutzung erneuerbarer Energien ist.«

Bambi, 14:52, schreibt:
»ICH HABE EINEN FREUND!!!!!!!!!!!!!«

Dienstag, 14. Februar

Valentinstag.

In Französisch läuft es schlecht, trotz meines Gedichts. Ich muss dringend meine Konzentration wiederfinden. Vor den Ferien hatte ich es fast geschafft, aber seit einiger Zeit fällt es mir schwer, nicht die ganze Zeit an Nicolas zu denken.

Auf der Schule gibt es keine weitere Amélie. Aber in unserem Mathekurs gibt es eine weitere Katryne (die andere Katryne schreibt sich so: Catherine). Wenn die Lehrerin also »Katryne« sagt, besteht für Kat eine 50:50-Chance, dass nicht sie gemeint ist. Aber wenn ein Lehrer »Amélie« sagt, ist klar, dass ich gemeint bin.

Das erzähle ich nur, weil heute in Französisch Madame Claude gesagt hat:

»Amélie, kannst du der Klasse noch einmal erklären, was eine Konnektivpartikel ist?«

Sie hatte mich kalt erwischt. Ich war mal wieder mit meinen Gedanken ganz woanders. Und mir erging es wie jedes Mal, wenn ein Lehrer meinen Namen aufruft: Ich hatte einen Kloß im Hals, der meinen Mund so austrocknete, dass ich einen Augenblick lang nicht mal sprechen konnte.

Madame Claude: »Amélie?«

112

Ich (nachdem ich mich geräuspert habe): »Ähmm … Ja. Eine Konnektivpartikel ist ein Wort, äh … das eine …« (ich werfe einen Blick in mein Buch) »semantische Verbindung zwischen Wörtern und Sätzen herstellt.«

Madame Claude: »So ist es.«

Sie hat weitergeredet, aber ich konnte nicht mehr zuhören. Ich spürte immer noch den Kloß im Hals. Die Lehrer wissen überhaupt nicht, wie erniedrigend das ist, so überrumpelt zu werden, ohne Vorwarnung. Ein Glück, dass ich gestern gelernt habe, sonst wäre ich geliefert gewesen!

Mittags

Kat kann nichts essen. Sie ist traurig. Sie sagt, es werde einfach nicht besser. Sie will es zwar nicht zugeben, aber ich glaube, es liegt daran, dass Valentinstag ist. Die ganze Schule ist mit Herzen geschmückt und überall kleben blöde goldene Engel mit Liebespfeilen, die Kats Liebeskummer der letzten Wochen noch einmal so richtig hochkommen lassen.

Ich: »He, du musst essen, damit du groß und stark bist, wenn du dein Pferd bekommst!«

Das muntert sie etwas auf und sie beginnt zu essen.

Kat: »Du hast recht. Ich weiß nicht, warum ich ihm so hinterherweine. Zum Glück habe ich dich, meine allerbeste Freundin.«

Dann schnappt sie sich ein Pappherz, das über unserem Tisch hängt, und zerreißt es in tausend Stücke.

16:00

Ich habe eine geniale Idee! Kat braucht eine Konnektivpartikel (mich), die für sie eine Verbindung zu einem Jungen herstellt (noch keine Ahnung, wen). Wenn sie einen neuen Freund hat, wird sie wieder an die Liebe glauben und auch mich bekehren wollen. Dann könnte ich einfach so tun, als habe sie mich überzeugt, und mir ebenfalls einen Freund zulegen. Nämlich Nicolas! (Titilititiiiii.)

18:00

Meine Mutter ruft an und sagt, dass sie heute erst spät nach Hause kommt und ich Spaghetti aus der Dose essen soll (ekelhaft). Vielleicht hat sie ein romantisches Date zum Valentinstag?

18:50

Ich öffne den Laptop meiner Mutter. Sie chattet pausenlos und macht sich dabei überhaupt nicht bewusst, dass sie auch an einen Verrückten geraten könnte. Da sie so naiv ist, muss ihr jemand helfen.

18:55

Nämlich ich!

18:57

Wenn ich ihren Laptop durchsuche, könnte ich rausfinden, mit wem sie sich Nachrichten schreibt. Ich könnte die Männer googeln und überprüfen, ob sie ungefährlich sind. Sollte ein Krimineller dabei sein – Google wird es wissen!

19:01
Nein, das kann ich nicht machen.

19:02
Aber es ist nur zu ihrem Besten!

19:05
Als ich drauf und dran bin, den E-Mail-Eingang meiner Mutter zu öffnen, kommt sie nach Hause. Puh! Gerade noch rechtzeitig, damit ich keine Riesendummheit begehe.

20:50
Ich habe mit Nicolas telefoniert, bis meine Mutter mich aufforderte, das Gespräch zu beenden. Wir haben uns alles Gute zum Valentinstag gewünscht (Nicolas und ich, nicht meine Mutter und ich) und es fiel uns echt schwer, uns zu verabschieden. Hihihi, huhu, hihi. Vorm Auflegen habe ich ihn gefragt, ob er nicht einen Freund habe, den wir mit Kat bekannt machen könnten. Er hat gesagt, er glaube nicht ans Verkuppeln. Er wollte wissen, warum ich einen Freund für Kat suche. Ich habe ihm nicht gestanden, dass sie noch gar nicht weiß, dass wir zusammen sind.

Meine Rolle als Liebes-Konnektivpartikel wird schwieriger als gedacht.

20:51
Ich habe meine Mutter gefragt, ob sie einen Valentins-Schatz habe, und sie hat geantwortet:
»Na, dich, mein Schatz!«
Mann, genau solche Antworten machen mir ein noch schlechteres Gewissen, dass ich in ihrem Laptop herumschnüffeln wollte.

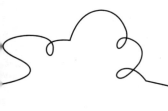

Mittwoch, 15. Februar

Ich weiß nicht, was mit mir los ist. Neuerdings bin ich eine Lügnerin, eine Schnüfflerin usw., usw. Das muss an unserem Leitungswasser liegen. Ich glaube, da sind irgendwelche radioaktiven Stoffe drin, die mich in ein Monster verwandeln. Ich muss dringend anderes Wasser trinken, bevor ich weitere Schandtaten anstelle.

20:10
Ich: »Mamaaaaa! Können wir von jetzt an Wasser in Flaschen kaufen?«

Meine Mutter: »Warum?«
Ich: »Unser Wasser ist verseucht. Ich glaube, da sind radioaktive Stoffe drin.«
Meine Mutter: »Unser Wasser ist sehr gut. Du guckst zu viele Filme.«

Neuer Vorsatz: Kein Leitungswasser mehr trinken.

Feststellung: Es ist echt enttäuschend, dass meine Mutter mir nicht blind vertraut. Wenn ich ihr sage, dass unser Wasser gefährlich ist, sollte sie der Sache doch wohl nachgehen, oder?

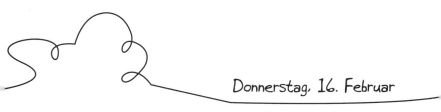

Donnerstag, 16. Februar

Ich habe Durst! Schrecklichen Durst! Ich werde austrocknen und sterben.

Mittags
Kat: »Was ist los?«
Ich: »Ich habe Durst ...«
Kat: »Dann trink was!«
Ich: »Das Wasser ist verseucht.«

Kat: »Seit wann?«

Ich: »Schon immer, es ist nur niemandem aufgefallen.«

Kat: »Dann trink doch Limo.«

Ich: »Ich trinke nichts, was nicht mit gefiltertem Wasser zubereitet ist.«

Kat: »Du bist echt komisch.«

Ich: »Ich weiß! Das liegt an den radioaktiven Stoffen im Wasser!«

18:00

Was für ein Tag.

Ich bin mitten im Bio-Unterricht in Ohnmacht gefallen und ins Krankenzimmer gebracht worden. Die Krankenschwester massierte mir die Füße, was ich sehr seltsam fand. Aber sie meinte, ich könnte Menstruationskrämpfe haben und ihr würden da immer Fußmassagen helfen. Dann wurde ich nach Hause geschickt.

Ich habe fünf Gläser Wasser getrunken. Und zwar keine kleinen, sondern große. Wenn das Wasser mich zum Monster macht, ist es halt so. Meine Mutter ist ein paar Minuten später nach Hause gekommen, weil die Schule sie benachrichtigt hatte, dass ich umgekippt war. Als sie mich nach dem Grund fragte, wollte ich ihr nicht verraten, dass ich nichts getrunken hatte. (Ein weiterer Beweis, dass ich eine schreckliche Lügnerin bin.) Ich habe nur gesagt, dass mir übel war, aber jetzt gehe es besser. Sie hat gefragt:

»Du bist doch hoffentlich nicht umgekippt, weil du den ganzen Tag nichts trinkst?«

Ich: »Was, wieso das denn?!?«

Wie hat sie das bloß mitbekommen? Vielleicht liest sie heimlich mein Tagebuch, so wie ich beinahe heimlich ihre Mails gelesen hätte, um sie zu beschützen (und nicht etwa aus Neugier). Das wäre nur die gerechte Vergeltung gewesen.

19:00

Ich liege im Bett und lese, während Sybil unsichtbare Mäuse jagt und durch mein Zimmer flitzt (ich glaube, sie ist verrückt), als meine Mutter reinkommt (ohne anzuklopfen, dabei habe ich sie schon hundertmal dazu aufgefordert!).

Meine Mutter: »Alles wieder in Ordnung, mein Schatz?«

Ich: »Du hast nicht angeklopft.«

Meine Mutter: »Entschuldige.«

Sie geht wieder raus und klopft.

Ich: »Ja, herein!«

Meine Mutter: »Alles wieder in Ordnung?«

Ich: »Ja.«

Meine Mutter: »Dann ist ja gut. Ich will nämlich noch ausgehen.«

Ich: »Mit wem?«

Meine Mutter: »Mit einem von den Jungs, die ich im Internet kennengelernt habe.«

Ich: »Ich bin kraaaaaaank! Du kannst jetzt nicht ausgehen!«

Meine Mutter: »Gerade hast du gesagt, dass alles wieder in Ordnung ist!«

Ich: »Aber nur, damit du dir keine Sorgen machst.«

Meine Mutter: »Na ja, da du jetzt wieder Wasser trinkst, geht es dir auch wieder besser, denke ich.«

Sie zwinkert mir zu. Meine Mutter ist echt verantwortungslos. Ich bin in der Schule ohnmächtig geworden und sie bleibt trotzdem nicht an meiner Bettkante sitzen! Was, wenn das die ersten Symptome einer schweren Krankheit waren?

Ich: »Was, wenn das die ersten Symptome einer schweren Krankheit waren?«

Meine Mutter: »Ich denke, du wirst überleben.«

Sie geht zur Tür.

Ich: »He, Mama?«

Meine Mutter: »Ja?«

Ich: »Warum redest du immer von ›Jungs‹?«

Meine Mutter: »Was?«

Ich: »Du hast gesagt: ›Ich treffe mich mit einem von den Jungs‹. Wie alt sind denn bitte deine Chat-Partner?«

Meine Mutter: »Na, in meinem Alter.«

Ich: »Mmh. Finde ich komisch.«

(Zum Glück ist es nicht nötig, sie auch noch darauf hinzuweisen, dass man den Tanga *unter* der Hose trägt. Dessen scheint sie sich immerhin bewusst zu sein.)

Meine Mutter: »Daran habe ich gar nicht gedacht. Das letzte Mal, als ich mit Jungs ausgegangen bin, war ich Anfang zwanzig. Das ist wahrscheinlich einfach so ein Ausdruck von früher.«

Ich: »*Ich* kann mich mit *Jungs* treffen. Aber *du* triffst dich mit *Männern* oder *Herren*.«

Meine Mutter: »Männer … Herren … Tja. Das stimmt wohl.«

Ich: »In deinem Alter …«

Meine Mutter: »Amélie!«

Sie lacht und bittet mich dann, sie nicht länger aufzuhalten. Bevor sie geht, sagt sie neckisch:

»*Du* gehst also mit *Jungs* aus?«

Und weg ist sie, ohne meine Antwort abzuwarten.

21:35

Meine Mutter ist immer noch nicht zurück.

21:55

Immer noch nicht.

22:14

Ich hab's gewusst! Sie ist viel zu naiv! Sie ist an einen Verrückten geraten!

22:36

Ich werde ein Waisenkind. Ich werde bei meiner Großmutter Laflamme leben müssen. Oh nein! Da will ich nicht hin! Da stinkt es nach Zigaretten! Oder nach Schlimmerem! Oder sie schicken mich zu meinen Großeltern Charbonneau und ich werde wie sie ein Crack im Bingo-Spielen und muss jeden Sommer in einem Wohnmobil hausen. Ich hasse Wohnmobile! Einmal musste ich die ganzen Sommerferien mit meinen Großeltern verbringen. Mein Bett war viel zu klein und das Bad war so winzig, dass alles nach Kacke stank. Und ich hatte überhaupt keinen Platz, um mich mal ein bisschen zurückzuziehen. Mein Leben ist zerstört!

23:31

Die Tür geht auf. Ich flitze nach unten und stürze in die Arme meiner Mutter, die sich in den nächsten Sessel fallen lässt.

Ich: »Alles o. k., Mama?«

Meine Mutter: »Du hattest recht. Jetzt bin ich wirklich reif für die alten Herren.«

Ich: »Das habe ich doch nur gesagt, damit du nicht mehr weggehst. Ist es nicht gut gelaufen?«

Meine Mutter: »Nein. Ich fühle mich wirklich ... alt.«

Ich: »Ach was! Du bist die schönste Mama der Welt!«

Meine Mutter: »So fühle ich mich aber nicht. Nach meiner Verabredung – die echt nicht der Rede wert war – bin ich noch in eine Bar gegangen.«

Ich: »Ganz allein?«

Meine Mutter: »Ja.«

Vermerk an mich selbst: Na bitte! Und wieder ein Beweis, dass ich ein Monster bin. Ich habe meine Mutter zur Alkoholikerin gemacht!

Freitag, 17. Februar

Heute war ich in der Schule hundemüde, weil ich gestern wegen meiner Mutter so spät ins Bett gekommen bin. Eigentlich kann sie mir nichts vorwerfen, wenn ich schlechte Noten habe – sie ist nicht ganz unschuldig daran!

Heute Morgen hat sie sich eine Million Mal bei mir dafür entschuldigt, dass ich mir ihretwegen Sorgen gemacht habe. Sie hat mir sogar Waffeln gebacken! Das macht sie sonst nur zu besonderen Anlässen, an Ostern oder so. Dann habe ich ihr ihren Laptop gebracht, auf dem ich ganz unauffällig die Website der anonymen Alkoholiker geöffnet hatte. Sie hat mir geschworen, sie habe in der Bar gestern Abend nur ein Glas Wein getrunken, und das auch nur, um noch einmal über den Abend nachzudenken. Während ich mir die Waffeln schmecken ließ (megalecker!), freute ich mich, dass ich mein weiteres Leben nicht als Passivraucherin und/oder in einem Wohnmobil verbringen muss. Ich sagte:

»Ach Mama, ich hab dich sooo lieb!«

Das schien sie zu freuen. Sie erklärte, sie habe gestern Abend beschlossen, mit dem Chatten aufzuhören. Ein Glück. Ich glaube, das ist besser so. Dann sagte sie:

»Und du?«

Ich: »Ich? Was ist mit mir? Ich chatte doch gar nicht.«

Sybil maunzte neben mir. Wahrscheinlich wollte sie einen Bissen von meiner Waffel abhaben.

Meine Mutter: »Nein, ich meine ... ich heule mich so oft bei dir aus, und eigentlich müsste es doch andersrum sein. Ich sollte *dir* zuhören. Was passiert in deinem Leben? Du erzählst mir gar nichts.«

»Ach ... weißt du, neben der Schule bleibt gar nicht viel Zeit für andere Dinge.«

»Ach so.«

Fast hätte ich ihr alles erzählt.

Eigentlich würde ich ihr ganz gerne alles erzählen.

Samstag, 18. Februar

Ich habe mich entschlossen. Ich werde meiner Mutter alles sagen. Es ist schon schwer genug, die Sache vor Kat geheim zu halten. Heute musste ich sie schon wieder anflunkern, um ein bisschen Zeit mit Nicolas verbringen zu können. Und ich habe beschlossen, dass ich kein Monster, sondern ein Opfer der Umstände bin. Ich *will* ja nicht lügen, ich tue es *gezwungenermaßen*. Aber es ist mir unangenehm (nicht das Lügen, na gut, ein bisschen, weil es nicht richtig ist. Aber vor allem ist es mir unangenehm, meiner Mutter zu erzählen, dass ich einen Freund habe).

18:50

Nach dem Abwasch gehe ich in mein Zimmer, um mir zu überlegen, wie ich es meiner Mutter verkünden will.

19:00

Ich habe meine Erklärung aufgeschrieben und versuche, sie vor dem Spiegel auswendig zu lernen.

»Mama, ich will dir etwas sagen, das mir ein bisschen unangenehm ist. Ich bin seit ein paar Wochen mit Nicolas zusammen. Erinnerst du dich noch? Das ist der Junge aus der Zoohandlung, der Sybil für mich aufgehoben hat. Er ist total lieb. Aber es ist ein Geheimnis, dass er mein Freund ist. Du darfst Kat nichts davon sagen, weil wir einen Pakt geschlossen haben, dass wir erst zwei Wochen vorm Abschlussball einen Freund haben dürfen.«

19:10

Meine Rede klingt etwas feierlich, man könnte auch sagen roboterhaft, aber wenigstens beinhaltet sie alle wichtigen Informationen. Es wird mir leichter fallen, alles in einem Rutsch zu sagen. Ich finde, das ist ein ziemlich intimes Geständnis, denn meine Mutter wird dann ja wissen, dass wir geknutscht haben und so weiter, und ich habe keine Ahnung, wie sie darauf reagieren wird.

19:30

Meine Mutter sieht fern.

Ich: »Mama ... äh ... ich muss dir etwas Wichtiges sagen.«

Meine Mutter: »Ja?«

Sie stellt den Fernseher aus und schaut mich erwartungsvoll an. Ich fühle Panik in mir hochsteigen.

Ich: »Ähm, das ist mir ein bisschen unangenehm. Also, ich bin seit ein paar Wochen, ich darf nicht lügen, weil das ein Geheimnis ist, aber ... erinnerst du dich an Sybil? Also, um es kurz zu machen, ich bin bis zu unserem Abschlussball mit Kat zusammen.«

Meine Mutter: »Was?!? Du bist in Kat verliebt?«

Ich: »Nein!!!!!!!!!!!!«

Meine Mutter: »Ist das wahr? Du bist lesbisch? Puh, ich bin etwas überrumpelt, aber ich respektiere das. Und ich werde alles tun, damit du glücklich bist, auch wenn du ... anders bist. Ich habe dich lieb und ich akzeptiere dich so, wie du bist.«

Ich: »Oooooooh! So würdest du reagieren, wenn ich lesbisch wäre? Du bist echt super!«

Ich nehme meine Mutter in den Arm und drücke sie fest. Dann lasse ich sie wieder los, als mir einfällt, dass ich ja gar nicht wirklich lesbisch bin.

Ich: »Eigentlich hatte ich eine Rede vorbereitet, aber es ist alles durcheinandergeraten. Was ich sagen wollte ... ich bin mit Nicolas zusammen.«

Meine Mutter: »Aaaaaah! Mein großes Mädchen ist also verliebt?«

Hm … so habe ich das noch gar nicht gesehen. Ich habe mir gesagt, dass ich jetzt einen Freund habe. Und dass die Zeit, die wir miteinander verbringen, echt super (krass, cool, wahnsinnig, abgefahren) ist, aber ich habe noch nie gedacht: ICH BIN VERLIEBT. Aber es stimmt! Das ist echt ernst. Und das erklärt auch, warum in meinem Kopf nur das seltsame Wort »Titilititi« ist, wenn ich bei ihm bin. Mein Gehirn blendet die Worte »Ich liebe dich« aus, um mich vor dem Schmerz zu beschützen, den es mir bereiten würde, wenn Nicolas mir das antäte, was Ham Kat angetan hat: mich sitzenzulassen. Uaaah! Echt schlau, mein Gehirn.

21:00

Ich kann mich nicht auf den Manga konzentrieren, den ich lese. (Ich habe mich mit dem Lernen und meiner misslungenen Rede wohl etwas verausgabt.)

21:05

Was ist wohl die beste Art, jemandem zu sagen, dass man ihn liebt … (?????)

Dienstag, 21. Februar

Muss ich Kat erst mit einem Jungen verkuppeln, bevor ich Nicolas sagen kann, dass ich ihn liebe? Ja, das wäre nicht schlecht. Das würde einige Verwirrung verhindern.

Mittwoch, 22. Februar

Gestern Abend hat Kat Flyer gebastelt, weil sie einen Club gründen will. Es sollen auch noch andere Mädchen unserem Pakt beitreten. Oh Mann! Auf ihren Flyern ist ein Pferd abgebildet (was sonst) und ein Mädchen, das einen Jungen mit einem Schwert angreift. Kat hat mithilfe von Photoshop das Gesicht des Jungen durch Hams Gesicht ersetzt. (Zugegeben, das gefällt mir ganz gut, auch wenn ich persönlich keine gewaltsamen Absichten gegen ihn hege.)
Was passiert bloß, wenn Kat rausfindet, dass ich mit Ni-

colas zusammen bin, und zwar schon seit ... seit wann eigentlich? Zählt es seit dem ersten Mal Knutschen (23. Dezember), seit unserer ersten Verabredung im Jugendzentrum (25. Januar) oder seit ich ihm gesagt habe, dass ich mit ihm zusammen sein will (12. Februar)? Titilititi! Konzentration! Also, wenn Kat mir den Prozess machen wollte, könnte keine Anklage gegen mich erhoben werden. Ich habe sie getröstet, ich bin oft bei ihr gewesen, statt mich mit Nicolas zu treffen, ich habe ihr geraten, sich ein neues Hobby zu suchen, und ich bin immer für sie da, wenn sie mich braucht. Ich bin eine vor-bild-li-che Freundin. (Von der Kleinigkeit abgesehen, dass ich eine schreckliche Lügnerin bin.)

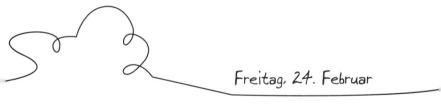

Freitag, 24. Februar

Heute will ich meinen Plan umsetzen, Kat und Raphael zu verkuppeln. Ich kenne ihn zwar noch nicht, aber wenn er mit Nicolas befreundet ist, muss er genauso toll sein wie er: Gleich und gleich gesellt sich gern!

Ich habe Nicolas gebeten, rein freundschaftlich mit mir umzugehen, denn wenn wir unsere Zuneigung offen zei-

gen würden, könnten wir Kat wehtun, die gerade großen
Liebeskummer hat. Er hat gesagt: »O. k.«

14:00

Wir treffen uns mit Nicolas und Raphael im Jugendzentrum. Es war nicht schwer, Kat zum Mitkommen zu
überreden. Ich habe gesagt, Nicolas und ich seien Freunde, seit er Sybil für mich aufgehoben hat.

14:01

Ich betrachte mich lieber als eine Art »Engel für Char-
lie«, so eine Geheimagentin, die »Geschichten erfinden«
muss, um die Menschheit zu retten, und nicht als Lügnerin.

14:15

Raphael ist nett, aber … speziell. Er wirkt ziemlich nervös und wie Nicolas' Bruder (eher noch schlimmer)
scheint er total auf Brice aus *Cool Waves* abzufahren und
redet wie er. Aber *so richtig* übertrieben.

14:20

Wir spielen zu viert Autorennen, und ich liege weit zu-
rück. Raphael schaut zu mir rüber und sagt:
»Amélie, hast du eigentlich schon einen Führerschein?«
Ich: »Natürlich nicht.«
Er: »Ach so. Ich dachte, du hättest einen … so alt, wie du
aussiehst! Haha! Voll weggehauen!«

14:25

Wir schauen uns nach einem anderen Spiel um.

Kat: »Mann, echt blöd, dass es hier keine Spiele mit Pferden gibt.«

Raphael: »Du magst Pferde?«

Kat: »Ja, ich liebe …«

Raphael: »Das passt, du riechst auch wie eins! Voll weggehauen!«

Ich werfe Nicolas einen zweifelnden Blick zu. Er zuckt die Schultern, als sollte ich mich nicht um ihn kümmern.

14:45

Hm, ich muss schon sagen, dass Raphael ein kleines bisschen nervt. Er ist überhaupt nicht so toll wie Nicolas. Aber vielleicht könnte eine Liebesgeschichte mit Kat ihn verwandeln. Vom Frosch zum Prinzen, so ungefähr. Wäre doch möglich!

15:00

Nicolas schlägt vor, zu zweit eine Runde Basketball zu spielen. Ich stimme zu, weil es sicher eine gute Idee ist, Kat und Raphael einen Moment allein zu lassen. Das gibt ihnen Gelegenheit, sich ein bisschen besser kennenzulernen – und sich vielleicht zu verlieben.

Nicolas: »Wie findest du Raphael?«

Ich werfe einen Ball und treffe. Der Automat lässt Siegesgeräusche ertönen, Applaus, ein »*Yeah! Guter Wurf!*« und lautes Pfeifen.

Ich: »Er redet die ganze Zeit wie Brice aus *Cool Waves*.«

Nicolas: »Mmh ja … ich weiß.«

Nicolas wirft daneben und der Automat macht: »*Schade!*«

Ich: »Macht er das immer?«

Nicolas: »Nein, manchmal macht er auch *Buh!*«

Ich: »Raphael buht die Leute aus?«

Nicolas: »Nein, der Automat!«

Jetzt werfe ich daneben und der Automat macht: »*Buuuh!*«

Ich sollte mich besser konzentrieren, aber das Liebesleben meiner Freundin ist wichtiger als ein Sieg im Basketball.

Ich: »Ich meinte Raphael.«

Nicolas: »Ach so! Haha! Ich glaube, er ist nervös. Er ist nicht immer so.«

Ich: »Er ist ganz schön beleidigend.«

Nicolas: »Das darf man nicht ernst nehmen. Er meint nicht, was er sagt. Ich glaube, er hält sich *wirklich* für komisch.«

15:13

Bevor wir die Partie beendet haben, kommt Kat zu uns rüber und nimmt mich am Arm. Sie will mit mir reden, und zwar sofort.

15:15

Kat schleift mich geradezu zur Toilette, wo sie mir sagt, dass sie gehen will. Dass sie es nicht mehr aushält! Dass wir zur Not auch durch die Hintertür verschwinden können. Dann wäscht sie sich wie wild die Hände.

Ich: »Sonst alles o.k.?«

Kat: »Ich weiß nicht. Ich fühle mich irgendwie gestresst.«

Ich: »Entspann dich!«

Kat: »He, ich glaube übrigens, dass Nicolas immer noch in dich verknallt ist. Vielleicht hat er euren Kuss nicht vergessen!«

Ich: »Was?«

Kat: »Na, der Kuss, von dem du mir erzählt hast, unter der Laterne im Schnee und so weiter … Vor den Ferien!«

Ich: »Ach ja! Hatte ich … ganz vergessen. Raphael ist echt cool, oder?«

Kat: »Du stehst doch jetzt nicht auf Raphael, oder? Der ist ein Blödmann. Er redet die ganze Zeit wie dieser Trottel aus dem Film.«

Ich: »Das ist lustig!«

Kat: »Das ist bescheuert.«

Ich: »Er ist bestimmt nur eingeschüchtert von dir, weil … du so schön bist.«

Kat: »Nach den ganzen Beleidigungen eben würde mich das überraschen.«

Ich: »Das ist doch nur eine Masche.«

Kat: »Zum Glück haben wir beide ja beschlossen, nichts mehr mit Jungs zu tun zu haben. Wer will schon einen Freund, der sich seine Persönlichkeit aus einem Film klaut? Puh!«

Ich: »Deine Pferdeliebe hast du doch auch aus einem Film …«

Kat: »Das ist etwas anderes!«

Ich: »Aber Nicolas …«

133

Kat: »Der hält sich bestimmt zurück und redet nur ausnahmsweise nicht so, weil er in dich verknallt ist.«
Ich: »Ach ... meinst du?«

15:27

Als wir aus der Toilette kommen, sehen wir Nicolas und Raphael Motorradrennen spielen. Und direkt daneben steht Ham und flüstert einem echt hübschen Mädchen etwas ins Ohr (aber nicht so hübsch wie Kat, finde ich). Kat fasst vorsichtig nach meiner Hand, als bräuchte sie einen Halt. Ich sehe, dass sie die Tränen zurückhält. Ich gehe auf die beiden zu, schaue Ham direkt in die Augen und sage:
»Ham, du bist einfach nur ein ...«
Ich wollte irgendetwas Gewichtiges sagen, aber mir fällt absolut nichts ein. Ich wollte Kats Ehre retten, aber ich schaffe es nicht.
»Du bist einfach nur ein ...«
Dabei weiß ich doch, dass mir heute Abend vorm Einschlafen das Richtige einfallen wird. Warum immer fünf Stunden zu spät? Die umstehenden Leute sehen mich an. Ich muss etwas sagen.
»Du bist einfach nur ein Pedant. Wenn du nicht weißt, was das heißt, dann schau im Wörterbuch nach. Das ist das Buch, das ungefähr genauso fett ist wie dein Ego.«
Dann sage ich noch, jede Silbe betonend:
»Voll. Weg. Gehauen!«
Ham starrt mich mit offenem Mund an. Kat, immer noch ganz benommen, grinst leicht und ergänzt: »Und deine

Füße stinken!« Nicolas sieht uns erstaunt an. Raphael sagt: »Wow, cool!« Ich halte Kat noch immer an der Hand und führe sie zum Ausgang.
Ganz ehrlich, ich weiß nicht, wie ich das gerade gemacht habe. Hypothese: Ich habe alle meine Schuldgefühle Kat gegenüber gebündelt, um sie zu rächen.

Samstag, 25. Februar

Den gestrigen Abend habe ich mit Kat verbracht. Sie hat als rituelle Verabschiedungszeremonie Hams »I ♥ You«-Bären in den Kamin geworfen und mit wütendem Blick zugeschaut, wie er verbrannte. Sie meinte, das sei ein symbolischer Akt. Bevor ich nach Hause ging, sagte sie: »Danke, dass du so eine gute Freundin bist.« Dieser Satz bringt mein seelisches Gleichgewicht durcheinander und verstärkt meine Gewissensbisse. Aber daran darf ich heute nicht denken. Heute sind Nicolas und ich nämlich genau einen Monat zusammen (ich habe beschlossen, die Zeitrechnung unserer Beziehung mit unserer Verabredung im Jugendzentrum zu beginnen) und ich will ihm sagen, dass ich ihn liebe. Und diesen Augenblick will ich mir nicht durch ein schlechtes Gewissen verderben lassen.

14:12

Ich habe Nicolas einen Spaziergang im Park vorgeschlagen. Er hat erwidert: »Willst du mich mal wieder in einen Schneehaufen schubsen?« Haha. Sehr lustig.

14:25

Das ist doch gar nicht schwer, ich muss einfach nur sagen: »Nicolas, ich liebe dich.«

14:31

Hm. Das kann warten, bis wir unseren Kuss beendet haben. Nicolas riecht wie immer nach gutem Weichspüler, sogar bei dieser Kälte. Ob es wohl möglich ist, dass wir bei diesen eisigen Temperaturen an Ort und Stelle einfrieren und wie eine Statue für immer so stehen bleiben?

14:33

Während ich Nicolas küsse und mir vorstelle, wie wir uns in eine Eisstatue verwandeln (sehr romantisch), höre ich plötzlich: »Amélie!!!«
Kats Stimme! Ich spüre einen Kloß im Hals, genau wie in der Schule, wenn ich aufgerufen werde. Ich drehe mich um und sehe ... Julianne, mit entsetztem Gesicht, zwischen zwei Freundinnen.
Julianne: »Amélie ... Aber ... der Pakt!«
Nicolas: »Was für ein Pakt?«
Julianne: »Meine Schwester, Amélie und ich haben uns geschworen, erst zwei Wochen vorm Abschlussball einen Freund zu haben!«

Nicolas: »Ach ja?«

Ich (zu Nicolas): »Ich kann dir das erklären.«

Julianne: »Das sage ich meiner Schwester!«

Ich (zu Julianne): »Julianne, sag Kat nichts, bitte!«

Nicolas: »Bin ich dir peinlich, oder was?«

Ich (zu Nicolas): »Nein, das ist alles … kompliziert.«

Julianne: »Ich werde ihr alles sagen!«

Ich (nehme Julianne beim Arm): »Als ich deine Hamster in die Zoohandlung gebracht habe, hast du geschworen, dass du für den Rest meines Lebens alles tust, was ich will. Weißt du noch?«

Julianne: »Kat muss wissen, dass du sie betrügst!«

Ich: »Ich betrüge sie nicht! Ich warte nur … auf den richtigen Moment.« (Ich lasse ihren Arm los.) »Sie war so traurig und … ich wusste nicht, wie ich sie trösten sollte. Lass es mich ihr selbst sagen, o.k.?«

Julianne: »Du hast zwei Wochen. Danach sage ich es ihr.«

Ich: »O.k., abgemacht. Danke.«

15:00

Ich bin völlig erstarrt. Nicht nur, weil ich Nicolas gerade alles erklärt habe und mich wahnsinnig schuldig fühle. Sondern auch, weil man sich hier draußen den Hintern abfriert! Plötzlich kommt mir die Vorstellung, mich in eine Eisstatue zu verwandeln, nicht mehr so romantisch vor. Aber jedenfalls habe ich Nicolas endlich alles gesagt. Ich habe ihm erklärt, ich wolle damit jetzt nicht sein Mitleid wecken, aber seit dem Tod meines Vaters könne ich

137

nur schwer ertragen, wenn andere Leute traurig sind. Ich versuche eben, auf meine Art damit umzugehen, die nicht immer die beste ist. Ich hätte ja gewusst, dass ich mich nicht richtig verhielt, aber ich wollte vor allem Kat trösten. Nur deshalb war ich ihrem Pakt beigetreten. Während meiner Erklärungen stampfte ich von einem Fuß auf den anderen, um das Gefühl loszuwerden, sie seien vor Kälte abgestorben. Ich fror bis auf die Knochen, meine Nase lief, und jedes Mal, wenn ich etwas sagte, kamen kleine Atemwölkchen aus meinem Mund. Komisch, dass ich es trotzdem geschafft habe, all diese Wörter aneinanderzureihen. Wenn man bedenkt, wie schwer mir das sonst fällt, wenn ich nervös bin. Und noch tausendmal schlimmer ist es, wenn Nicolas in meiner Nähe ist. Vielleicht steigert die Kälte meine Gehirnleistung? Anfangs war Nicolas ziemlich skeptisch. Aber schließlich meinte er, er wüsste nicht, wie er an meiner Stelle gehandelt hätte, da er noch nie einem Freund mit Liebeskummer beistehen musste. Dann sah er mich an, wie ich (wenig *sexy*) von einem Fuß auf den anderen stampfte, und sagte: »Komm, wir gehen nach Hause, du erfrierst ja.«

Aber vorher musste ich ihm endlich noch den wahren Grund gestehen, warum ich mich hier mit ihm verabredet hatte.

Ich: »Nein, nein.« (Meine Zähne fangen an zu klappern.) »Mir ist nicht kalt (klapper, klapper). Ich wollte dir (klapper, klapper) etwas Wichtiges sagen (klapper, klapper). Nämlich dass (klapper, klapper) …«

Er: »… Raphael dich nervt?«

Ich: »Nein. Na ja, stimmt schon, aber das (klapper, klapper) ist es nicht. Sondern dass (klapper, klapper) ich (klapper, klapper) dich (klapper, klapper) lie- (klapper, klapper) be.«

Er nahm mich in den Arm und rieb mir ganz fest den Rücken, was mich etwas aufwärmte. Dann sagte er:

»Ich dich auch!«

Vermerk an mich selbst: Titilititiiiiiiiiiiiiiiiiiiiiiiii!

März

Die Pferde gehen durch

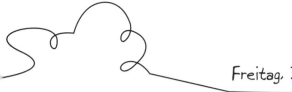

Freitag, 3. März

Nächste Woche ist schulfrei – die Pause kann ich auch dringend gebrauchen! Ich bin am Ende! Total ausgebrannt. Und ich hab's in Erdkunde so richtig vermasselt. Nur weil unser Erdkundelehrer, Monsieur Giroux, uns angeboten hat, dass wir unsere Note mit einer Zusatzaufgabe aufbessern können. (Als hätten wir nicht so schon genug zu tun!)

Zu Beginn der Woche hat er uns die Theorie über den Ursprung des Universums vorgestellt, allgemein bekannt als der Urknall. Er hat von der Formel $E = mc^2$ gesprochen, die die Verwandlung von Materie in Energie möglich macht, und indirekt auch die Verwandlung von Energie in Materie. Also jedenfalls war Monsieur Giroux Feuer und Flamme für das Thema. Er hat uns die Aufgabe gestellt, in unseren eigenen Worten die Theorie über den Ursprung des Universums wiederzugeben.

Mit dem Laptop meiner Mutter habe ich im Internet recherchiert. Dabei habe ich alles Mögliche über den Ursprung des Universums erfahren und verschiedene wissenschaftliche Theorien dazu gefunden. Und plötzlich hatte ich eine Eingebung. Also habe ich meine eigene (zugegeben haarsträubende, aber meiner Meinung nach nicht *völlig* unmögliche) Theorie entwickelt.

Dies ist der Aufsatz, den ich vorgestern eingereicht habe:

Die Theorie über den Ursprung des Universums
Von Amélie Laflamme

Der Ursprung des Universums ist sehr schwer zu erklären, selbst für Wissenschaftler mit den weltweit größten Teleskopen.

Im Jahr 1920 entdeckt Edwin Hubble mithilfe seines Teleskops, dass sich die Galaxien immer weiter ausdehnen. Wenn man den Film rückwärtslaufen ließe, hieße das, dass irgendwann einmal alle Galaxien auf einen einzigen Punkt verdichtet waren, bis eines Tages alles explodierte und die Galaxien, Planeten, Sterne usw. entstanden. Alles, was im Universum existiert, sind Bruchteile einer großen Materie, die seit dem Anbeginn der Zeit existiert.

Aber wann war der Anbeginn der Zeit? Einstein hat die Formel $E = mc^2$ gefunden, die die Umwandlung von Energie in Materie erklärt. Mit der Materie beginnt auch die Zeit, weil nach Einstein Raum und Zeit durch die Materie erzeugt werden.

Aber jeder Anfang muss auch eine Ursache haben, oder? Woher kam diese große Menge an Materie (und also die Energie), bevor sie explodierte? So weit können die Wissenschaftler nicht zurückgehen. Ein Rätsel.

Deshalb habe ich meine eigene Theorie aufgestellt: Eines Tages musste ein höheres Wesen (Gott/eine große Menge Materie) niesen. Beim Niesen werden kleine Speichelbläschen durch die Luft geschleudert. Jedes dieser Bläschen ist mit Bakterien gefüllt und verhält sich wie eine eigene kleine Welt. Es kann also gut sein, dass beim Niesen jedes Mal ein ganzes Universum mit einem Anfang und einem Ende entsteht. Was für uns eine Sekunde dauert, ist für die Bakterien in unseren Rotzbläschen vielleicht mit Milliarden Jahren vergleichbar. Es ist also gut möglich, dass der, den wir Gott nennen, eine Art Außerirdischer auf einem gigantischen Planeten im unendlichen Weltraum ist und wir ganz einfach Bakterien sind, die er rausgeniest hat. Deshalb kann man auch sagen, dass er uns geschaffen hat, weil wir direkt von ihm abstammen, aber er kann nicht in unser Leben eingreifen, weil er uns nicht mal sieht.

Als Ergebnis lässt sich festhalten, dass der Urknall in Wahrheit ein »Hatschi« ist und wir alle Bakterien sind.

Als ich meinen Aufsatz zurückbekam, prangte darauf in Rotstift »0 PUNKTE!«. Nach dem Unterricht ging ich zu Monsieur Giroux. Er wischte gerade die Tafel.

Ich (schüchtern): »Monsieur Giroux … null Punkte finde ich ganz schön hart.«

Monsieur Giroux: »Amélie, ich bin enttäuscht von dir. Ich dachte, du würdest dieses Thema ernst nehmen.«

Ich: »Ich nehme es auch ernst! Ich habe echt viel recherchiert!«

Monsieur Giroux: »Dass du recherchiert hast, sehe ich, aber deine Arbeit ist totaler Blödsinn.«

Ich: »Sie haben gesagt, wir sollten das Thema ›in unseren eigenen Worten‹ beschreiben.«

Monsieur Giroux: »Damit ist die Sprache gemeint, aber nicht, dass ihr irgendeinen Unfug erfindet!«

Ich: »Woher wissen Sie, dass das Unfug ist?«

Monsieur Giroux: »Also wirklich, Amélie!«

Ich: »Galileo wurde eingesperrt, weil er gesagt hat, dass die Erde rund ist! Und später haben Wissenschaftler herausgefunden, dass er recht hatte. Also besteht doch eine klitze klitze kleine Chance, dass ich auch recht habe. Und wenn das stimmt und meine Theorie irgendwann bestätigt wird, wird es Ihnen sehr leidtun, dass Sie mir null Punkte gegeben haben!«

Monsieur Giroux (nach einem langen Schweigen): »Also … Ich bezweifle, dass sich deine Theorie mit Galileo vergleichen lässt. Du hast die Note bekommen, die du verdienst.«

Ich: »Aber ich habe die gleiche Note wie die, die gar nichts gemacht haben. Das ist ungerecht! Ich habe jede Menge recherchiert und auf der Grundlage eine Hypothese aufgestellt, auf die ich nur gekommen bin, weil ich vorher alles Mögliche über den Urknall gelernt habe.«

Monsieur Giroux: »Das mit der Recherche scheint ja zu stimmen. Na gut, ich gebe dir zwei von fünf Punkten für deine Bemühungen.«

Ich: »Nur zwei?«

Er nickte und klopfte dabei energisch zwei Schwämme gegeneinander. Eine Kreidewolke stob auf und brachte mich zum Niesen.

Monsieur Giroux (spöttisch): »Na so was, da hast du gerade eine ganze Welt geschaffen!«

Ich wollte sagen: »Haha, sehr lustig.« Aber ich riss mich zusammen und putzte mir stattdessen die Nase.

Monsieur Giroux: »Das sind doch nur Extra-Punkte. Deswegen fällst du nicht durch. Aber nächstes Mal bleibst du besser bei den Fakten.«

Ich: »So bringt man das Universum nicht weiter, Monsieur Giroux!«

20:00

Ich bin eine Bakterie.

Ich habe immer feste Prinzipien gehabt. Überzeugungen. Zum Beispiel, dass Jungs nerven. Ich habe erlebt, wie Kat und andere Mädchen sich verliebt haben und total bekloppt geworden sind, und ich habe mir gesagt, dass *mir* das nicht passieren würde. Und dass ich, falls es mir eines Tages versehentlich doch passieren sollte, trotzdem ich selbst bleiben würde. Dass mein Gehirn weiterhin normal funktionieren würde. Dass ich vernünftig bleiben und die Lage immer unter Kontrolle behalten würde. Und dass kein Gefühl der Welt mein Gehirn in ein Marshmallow verwandeln würde. Und dann kam Nicolas, und peng! Alles vorbei. Ich habe mich total verändert. Ich bin ein völlig anderer Mensch geworden.

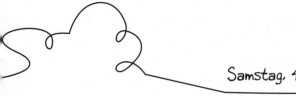

Samstag, 4. März

Endlich! Endlich ist diese Woche rum! Und nächste Woche: keine Schule. Juhuuuuuuuuuuuuuuuu!!!!!!!!

10:00

Ich sitze vorm Fernseher und schaue Cartoons.
Meine Mutter: »Amélie, ich habe mir für deine Ferienwoche ein paar Tage freigenommen. Ich dachte, das ist der perfekte Zeitpunkt zum Renovieren, so wie du Anfang des Jahres vorgeschlagen hattest. Ich brauche frischen Wind im Haus. Und morgen steht ein Familientreffen bei meinen Eltern an. Außerdem könnten wir auch mal wieder deine Großmutter Laflamme besuchen …«
Ich: »He, mach mal langsam! Diese Ferien sind vor allem dazu da, zu wiederholen, was wir in den letzten Wochen gelernt haben!«
Meine Mutter: »Ich kann mich nicht erinnern, dass du je in den Ferien gelernt hast.«
Ich (in Gedanken: mecker, mecker, mecker. In echt): »Du bist auch nicht rund um die Uhr bei mir!«

10:34

Keine Chance, mit meiner Mutter zu verhandeln! Sie meint, die Familie sei wichtig und die Wände neu zu streichen täte uns gut und sei ein schönes gemeinsames Projekt und blablablablabla. Und morgen sind all meine Onkel und Tanten bei meinen Großeltern Charbonneau, und ich habe keine Wahl, ich muss mit, ansonsten verbietet sie mir irgendwas, keine Ahnung was, zu dem Zeitpunkt habe ich schon nicht mehr zugehört.

Mittags

Meine Mutter und ich sind im Baumarkt, um Farben für die Wände auszusuchen. Während wir durch die grell beleuchteten Gänge gehen, sehe ich meine Pläne für diese Woche den Bach runtergehen: Schlitten fahren, Kat mein großes Geheimnis beichten (nachdem ich bewiesen habe, dass ich die beste Freundin der Welt bin), Nicolas treffen (und knutschen), jede Menge Filme gucken, Playstation spielen … Tja, und stattdessen muss ich die ganze Woche lang schuften. Super Aussichten.

15:00

Meine Mutter will nicht, dass ich mein Zimmer kirschrot streiche. Sie meint, das sei zu grell. Und das Wohnzimmer dunkelorange zu streichen, wie sie es vorhat, ist das etwa nicht zu grell? Wir haben uns darauf geeinigt, dass ich eine Wand in meinem Zimmer kirschrot streiche und die anderen hellrosa. Außerdem wird meine Mutter mir eine kirschrot gemusterte Tagesdecke für mein Bett kaufen. Ich sage es lieber nicht laut, aber ich glaube, sie hat recht.

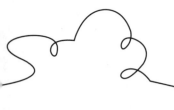

Sonntag, 5. März

Oh Mann, ich wäre echt gerne ein berühmter Popstar. Dann könnte man alle Details meines Privatlebens in der Zeitung nachlesen und ich müsste nicht so blöde Fragen beantworten wie: »Was machst du denn so in deiner Freizeit?«, »Hast du einen Freund?«, und die nicht weniger nervige Frage: »Wie läuft es in der Schule?« Wenn sie wirklich etwas über mich erfahren wollten, könnten sie einfach die Klatschpresse lesen. Ich müsste natürlich noch irgendwelche falschen Gerüchte aus der Welt räumen, aber der Großteil der Arbeit wäre erledigt.

Dieser Wunsch ist mir gerade gekommen, weil ich auf dem Familientreffen bei meinen Großeltern bin und mir pausenlos irgendjemand dumme Fragen stellt, die ich aus Höflichkeit beantworten muss, obwohl ich viel lieber Nintendo spielen (oder bei Nicolas sein) würde. Ich breite doch nicht mein ganzes Privatleben vor denen aus! Ich behalte meine Geheimnisse schön für mich. O. k., wenn ich über mein Privatleben keine Auskünfte geben will, ist die Popstar-Sache wohl auch nicht ideal. Hm …

Vermerk an mich selbst: Versuchen, mir über meine Ziele/Träume klarer zu werden.

Montag, 6. März

Der erste Ferientag! Meine Mutter muss heute arbeiten und will nicht, dass ich ohne sie anfange zu streichen (yes! Wenigstens ein Tag frei!!!). Super! Heute ist der perfekte Tag, um Kat alles zu beichten.

Es wird mir guttun, Kat die Wahrheit zu sagen, denn 1) wird das eine Mega-Erleichterung, 2) bin ich für ein Doppelleben einfach nicht gemacht, und 3) kann ich dann endlich hemmungslos Herzchen auf meinen Block kritzeln. Ich habe mich nur so lange zurückgehalten, um nicht Kats Misstrauen zu wecken.

13:31

Kat ist total fertig mit der Welt. Sie ist traurig und heult schon seit einer Ewigkeit.

Kat (durch eine Schluchz-Fontäne): »Wann ver-schwi-hi-hin-det … Ham end-li-hich … aus meinen Gedanken?«

Ich: »Er verschwindet, wenn du dich dazu entschließt. Du musst einfach nur husten, und puff! Schon verschwindet er.«

Kat: »Er hat eine neu-heue … Freu-heundin!«

Ich: »Wen?«

Kat: »…as Mä-häd-chen aus dem … Ju-hu-gendzentrum …«

Ich: »Das muss doch nicht seine Freundin sein.«

Kat: »Dann hat er sie angegra-ha-ben ... Das ist noch schli-him-mer.«

17:00

Kat ist total niedergeschlagen. Ihr Gesicht ist ganz verquollen. Sie will nichts essen. Ich habe Bauchschmerzen, wenn ich sie nur anschaue, so leid tut sie mir. Sie redet wirres Zeug, dass Ham der Mann ihres Lebens gewesen sei und ihr Leben ohne ihn keinen Sinn mehr habe. Als sie das sagt, hole ich den Aufsatz mit meiner (haarsträubenden) Theorie über den Ursprung des Universums aus der Tasche und gebe ihn ihr. Sie liest ihn, schaut mich ungläubig an und fragt:

»Das hast du echt bei Giroux abgegeben?«

Ich: »Ja.«

Sie lacht mindestens zehn Minuten lang. Dann geht ihr Lachen plötzlich in Weinen über. Ich sage schnell:

»He Kat, stell dir vor, wir sind alle Bakterien ... Meinst du nicht, dass Ham eine besonders miese kleine Bakterie ist, um die man sich nicht weiter kümmern sollte? Ein Typ, der sich für supertoll hält, obwohl er nur eine blöde Bakterie ist, ist doch einfach nur ein Witz.«

Kat stimmt mir zu.

20:00

Also, unterm Strich ist es zwar wichtig, Kat die Wahrheit zu sagen, aber heute war einfach nicht der richtige Tag. Das hätte ihr den Rest gegeben. Gemäß meinem Deal mit Julianne habe ich aber nur noch bis zum Ende der Woche Zeit. Julianne hat es sich nicht nehmen lassen, mich daran zu erinnern, bevor ich nach Hause gegangen bin. Oh Mann!

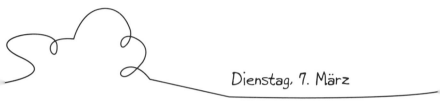

Dienstag, 7. März

Nicolas hat mir geholfen, mein Zimmer zu streichen (megalieb!). Anschließend hat meine Mutter ihn eingeladen, mit uns zu Abend zu essen. Das hätte sie sich echt sparen können! Sie hat Pizza bestellt (o. k., das war noch cool). Aber dann hat sie ihm jede Menge Fragen zu irgendwelchen eventuellen gemeinsamen Bekannten gestellt, so nach dem Motto: »Hat deine Mutter nicht eine Cousine, die einen Nachbarn hat, der neben einem Kollegen wohnt, der zufällig der Bruder meiner Freundin ist?« (Warum tun Mütter das? Echt keine Ahnung). Und dann hat sie das Fotoalbum mit meinen Babyfotos geholt und ihm jede Menge Dinge über mich verraten, die sie besser für sich behalten hätte.

Die Geschichten meiner Mutter über mich:
– Als ich fünf war, durfte ich noch nicht allein aus dem

Haus gehen. Eines Tages habe ich mich dieser Regel widersetzt. Vier Häuser weiter war ich total verloren und brach in Tränen aus. Eine Nachbarin brachte mich schließlich nach Hause.

Nicolas fragte:

»Du wusstest vier Häuser weiter nicht mehr, wo du warst?«

Ich (während ich meiner Mutter finstere Blicke zuwarf): »Na und? Ich war fünf. Und habe einen sehr schlechten Orientierungssinn. Der übrigens erblich ist!«

– Mit sieben war es mir unangenehm, auf öffentlichen Toiletten Pipi zu machen. Eines Tages kam ich nach Hause und machte kurz vor der Toilette ... Pipi in die Hose!

Meine Mutter bog sich vor Lachen und Nicolas witzelte (haha, sehr lustig), wenn ich wieder mal ein Problem mit öffentlichen Toiletten hätte, solle ich ihn bitte vorwarnen. Ich erwiderte:

»Ist schon in Ordnung, danke! Das Problem habe ich bereits mit sieben in den Griff gekriegt.«

– Vor ein paar Jahren war ich N'Sync-Fan, und in meinem Zimmer gab es kein Stück Tapete, das nicht mit einem Poster beklebt war. Ich trug N'Sync-T-Shirts und sogar N'Sync-Schnürsenkel. Als N'Sync für ein Konzert in der Stadt waren, heulte ich den ganzen Abend, weil ich keine Karte mehr bekommen hatte – und Justin Timberlake also keine Chance hatte, mich zu sehen und zu bitten, ihn zu heiraten.

Nicolas sagte:

»Oh wow! So verknallt warst du in Justin Timberlake?«
Ich: »Da war ich noch klein!« (Zu meiner Mutter:) »O. k.,
vielen Dank, Mama, für diese spannenden Geschichten.
Die sind sicher von allgemeinem Interesse. Aber jetzt
sollten wir uns wieder an die Arbeit machen.«

18:32

Als wir später in meinem Zimmer eine zweite Schicht
rosa Farbe auftrugen, sagte Nicolas, ich solle mir wegen
der Geschichten meiner Mutter keine Sorgen machen.
Seine Eltern würden sich bestimmt auch ihren Spaß auf
seine Kosten machen, wenn wir bei ihnen zum Essen wären. Ich habe ihn gebeten, mir zum Ausgleich ein paar
peinliche Dinge über sich zu erzählen.
Folgendes habe ich erfahren:
– In der Grundschule musste er sechs Monate lang eine
Zahnspange tragen, die mit einem Gestell am Hinter-
kopf befestigt war!
– Als kleiner Junge ist er jedes Mal total ausgerastet,
wenn seine Mutter ihn ins Einkaufszentrum mitnahm.
– In der fünften Klasse war er der einzige Junge an seiner
Schule, der sich für einen Ballettkurs angemeldet hatte.

Den letzten Punkt fand ich ziemlich cool. Ich bat ihn,
mir ein paar Tanzschritte vorzumachen, aber er lehnte
energisch ab. Er meinte:
»Ballett tanzen, und dann auch noch in einem rosa Zimmer … das ist echt *too much*.«

Wir haben gelacht. Oh Mann, ich hab ihn so lieb. M.A.D.W. (Mehr als alles auf der Welt!) O.k. ... das stimmt vielleicht nicht ganz. Weil ich meine Mutter lieber habe als alles auf der Welt. Und Sybil. Und Kat. Und meinen Vater. Hm ... kann man sagen, dass mein Vater noch »auf der Welt« ist?

Mittwoch 8. März

Nicolas arbeitet heute in der Zoohandlung seines Onkels und ich streiche mit meiner Mutter allein weiter. Während einer Pause lese ich in der neuen *Miss*. Ein Artikel mit dem Titel »Wie hilft man einer Freundin mit Liebeskummer?« weckt meine Aufmerksamkeit. Da mein Zimmer nach Farbe stinkt und außerdem ein großes Durcheinander herrscht, ziehe ich mich zum Lesen ins Wohnzimmer zurück.

Miss Magazin

PSYCHOLOGIE

WIE HILFT MAN EINER FREUNDIN MIT LIEBESKUMMER?

Deine Freundin hat Liebeskummer und du würdest ihr gerne durch diese schwere Zeit helfen? Hier sind ein paar Tipps, die es dir leichter machen können:

HAB GEDULD!

Es gibt fünf Etappen, die den verschiedenen Gefühlsstadien bei der Verarbeitung von Trauer entsprechen. Sie müssen nicht zwangsläufig in dieser Reihenfolge durchlaufen werden: Verweigerung, Wut, Schuld, Trauer und schließlich Akzeptanz. Achtung: Weise deine Freundin nicht darauf hin, in welchem Stadium sie sich gerade befindet. Es kann ziemlich nerven, sich anhören zu müssen: »Du durchläufst gerade die Phase der Wut ...« Hilf ihr einfach, so gut du kannst, diese Zeit durchzustehen. Deine Freundin muss die ganze Gefühlspalette durchmachen, bevor es ihr besser geht. Währenddessen solltest du keinen Druck auf sie ausüben, von einer Phase zur anderen überzugehen. Nur die Zeit kann die Wunden deiner Freundin heilen.

SEI GROSSZÜGIG!

Lade sie zu Unternehmungen ein, die sie gerne macht. Du kannst Filme ausleihen, die sie gerne sehen möchte, oder mit ihr Sport machen. Du könntest ihr auch vorschlagen, sich eine neue Leidenschaft oder ein Hobby zu suchen, zum Beispiel malen, zeichnen, Musik machen etc. Wenn sie etwas tut, das ihr Spaß macht, hat sie weniger Zeit, ihrem Ex nachzuweinen.

SEI VERSTÄNDNISVOLL!
Du hast auch Probleme? Jetzt ist vielleicht nicht der beste Zeitpunkt, um mit ihr darüber zu sprechen. Die Zeit wird kommen, in der du ihr wieder alles anvertrauen kannst, so wie früher. Aber Liebeskummer ist sehr schmerzhaft und deine Freundin steckt in einer Phase, in der es ihr schwerfällt, den Erwartungen anderer gerecht zu werden. Es könnte aber auch passieren, dass sie dich fragt, ob dich etwas bedrückt, um auf andere Gedanken zu kommen. In diesem Fall kannst du ihr ruhig deine Sorgen anvertrauen.

SEI LUSTIG!
Versuch, sie in Schwung zu bringen. Erzähl ihr Witze, mach die Lehrer nach, serviere ihr pikanten Klatsch und Tratsch … Kurz gesagt, lass dir etwas einfallen, das sie interessiert und zum Lachen bringt. Das wird ihre Stimmung heben. Und schließlich ist Lachen gut für die Gesundheit!

HÖR IHR ZU!
Möglicherweise hat sie an einigen Tagen das Bedürfnis, über die Trennung zu reden, an anderen möchte sie das Thema lieber vermeiden. Dränge sie nicht. Du wirst sehen, anfangs sind ihre Gefühle noch sehr stark, aber mit der Zeit werden sie schwächer. Lass sie wissen, dass du für sie da bist, wenn sie dich braucht.

HALTE DICH ZURÜCK!

Auch wenn du ihren Ex nicht leiden kannst, zieh nicht über ihn her. Möglicherweise kommen die beiden irgendwann wieder zusammen. Dann könnte deine Freundin es dir übel nehmen, dass du schlecht über ihn geredet hast. Lass sie ihrer Wut Ausdruck verleihen, ohne ihr deine Meinung zu sagen. Hör ihr zu, ohne zu werten, und sag ihr, dass du ihren Kummer verstehst.

SEI VERNÜNFTIG!

Versuch, sie vor weiterem Unheil zu bewahren! Achte auf ihre Gefühle und sage ihr nichts, was ihr wehtun könnte. Jetzt ist nicht der richtige Zeitpunkt, um ihr eine schlechte Nachricht zu überbringen. Warte damit, bis sie sich besser fühlt.

PASS AUF DICH AUF!

Wenn du all diese Ratschläge beherzigt hast, kann es sein, dass du dich ganz ausgelaugt fühlst. Es ist wichtig, dass du nicht deine gesamte Freizeit deiner Freundin widmest. Erhole dich, indem du auch mal etwas allein oder mit anderen Freunden unternimmst. Wenn du dir diese Auszeit gönnst, wirst du noch sensibler auf sie eingehen können.

Ha! Da haben wir den Beweis, dass es die richtige Entscheidung war, ihr nichts zu sagen! Laut diesem Artikel bin ich eine aus-ge-zeich-ne-te Freundin, in jeglicher Hinsicht! (Warum schaffe ich es dann nicht, mein Gewissen davon zu überzeugen?)

Ich sollte diesen Artikel Julianne zeigen …

15:17

Ich rufe bei Kat an.

Kat: »Ja, hallo?«

Ich: »Hey Kat, wie geht's? Hast du Lust, heute was zu machen?«

Kat: »Ich kann nicht. Ich hänge Pferdeposter in meinem Zimmer auf.«

Ich (den Rat aus der *Miss* befolgend): »O.k., also ich bin jedenfalls da, wenn du mich brauchst.«

Kat: »O.k., danke.«

Ich: »Ähm … ist Julianne zu Hause?«

Kat: »Die ist unterwegs.«

Ich: »Ach so. Wo denn?«

Kat: »Was weiß ich!«

Ich: »He, ist ja gut, ich wollte nur ein bisschen Konversation machen!«

Kat: »Tut mir leid. Ich bin gerade etwas neben der Spur. Ich versuche, nicht die ganze Zeit zu heulen, aber das ist nicht so leicht.«

Ich: »Das verstehe ich.«

Kat: »Julianne ist im Park, glaube ich.«

16:37

Ich habe eine Runde im Park gedreht. Was mir echt gutgetan hat, ich glaube, diese ganzen Farbdämpfe steigen mir so langsam ins Gehirn. Außerdem habe ich Julianne gefunden und sie mithilfe des Artikels überzeugt, mir noch eine Woche Aufschub zu gewähren. Ich habe ihr gesagt, dass ich Kat die Neuigkeit nicht zumuten könne, solange sie in diesem Zustand sei. Julianne hat gesagt: »Na gut, o. k.« Ich war sehr erleichtert.

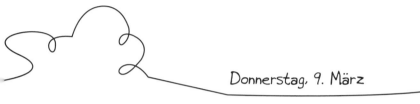

Donnerstag, 9. März

Mein Zimmer ist ein einziges Chaos! Alles stinkt nach Farbe! Und meine Möbel passen weder zu der Farbe der Wände noch zu der neuen Tagesdecke, die meine Mutter mir mitgebracht hat.
Meine Mutter hat versprochen, mir neue Möbel zu kaufen, aber ein bisschen müsse ich mich noch gedulden. Das kommt mir eigentlich entgegen. Auch wenn meine Möbel nicht mehr zur Farbe meines Zimmers passen, möchte ich sie trotzdem gerne behalten.

2. Juli, sieben Jahre zuvor

Meine Eltern hatten sich in den Kopf gesetzt, mir neue Möbel für mein Kinderzimmer zu kaufen (das ich persönlich völlig in Ordnung fand). Wir sind alle drei (mein Vater, meine Mutter und ich) in ein Möbelgeschäft gegangen. Meine Eltern haben ein Möbelset gesehen, das ihnen gefiel, mit grau-rosa Kunststoffverkleidung. Sehr hässlich. Sie haben angefangen, mit dem Verkäufer zu verhandeln. Ich zupfte meinen Vater an der Hose und sagte: »Die Möbel gefallen mir nicht!« Aber meine Eltern steckten so in ihren Verhandlungen, dass sie mich gar nicht hörten. Sie haben das Möbelset zu einem guten Preis bekommen und das war dann mein Geburtstagsgeschenk! Das Schlimmste ist, dass die Möbel viel zu groß für mein Zimmer sind. Man muss zwei Kommoden übereinanderstellen, damit überhaupt alles reinpasst. Das ist ganz schön beengend!

Zurück zu Donnerstag, dem 9. März

Trotzdem würde es mich traurig machen, mich von meinen Möbeln zu trennen. Immerhin hat mein Vater sie für mich ausgesucht ...

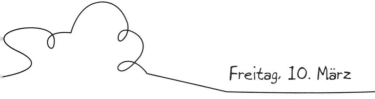

Freitag, 10. März

Eine Katastrophe! Keine Pseudo-Katastrophe, wie einen Ohrring verlieren oder auf eine Ameise treten. Sondern eine echte, schreckliche Katastrophe! Sybil ist weg! Von den Farbdämpfen waren meine Mutter und ich ganz benommen. Meiner Mutter ist ein bisschen schlecht geworden und sie hat die Tür aufgemacht, um frische Luft hereinzulassen. Und schon war Sybil weg. Eine kleine weiße Katze im Schnee zu finden ist quasi unmöglich!

13:44

Oh nein! Sybiiiiiiiiil! Ich stelle sie mir zusammengerollt unterm Schnee vor. Erfroren. Ich male mir aus, wie sie versucht, zurück nach Hause zu kommen, und sich ihr jede Menge Hindernisse in den Weg stellen, wie dem Eichhörnchen in *Ice Age*, das seine Nuss holen will. Warum ist sie nur rausgelaufen? Warum?????????????????

14:37

Ich habe überall gesucht. Ich habe bei allen Nachbarn gefragt, ob sie Sybil gesehen haben. Nichts. Niemand hat eine kleine weiße Katze mit einem grauen Fleck auf der Stirn gesehen.

15:12

Ich bin verzweifelt. Ich gehe nach Hause, mache die Tür zu, rolle mich auf dem Boden zusammen und heule. Sybil, meine Sybil … Ich hatte ihr geschworen, sie immer zu beschützen. Ich habe mein Versprechen nicht gehalten. Ich. Bin. Die. Schlimmste. Person. Im. Universum!

15:13

Meine Mutter hat mir versprochen, dass wir sie wiederfinden. Sie hat schon bei allen möglichen Einrichtungen angerufen und gesagt, sie sollten uns sofort Bescheid geben, wenn eine Katze abgegeben wird, auf die Sybils Beschreibung passt.

15:14

Während ich vor der Tür sitze und heule, klingelt es. Ich stehe schwerfällig auf (weil mir die Beine eingeschlafen sind) und öffne die Tür. Ein Junge in meinem Alter, mit schwarzen Haaren bis über die Ohren und einer Gitarre auf dem Rücken, schaut mich mit blauen Augen an und fragt:

»Ist das deine Katze?«

In den Händen hält er Sybil.

Ich: »Sybiiiiiiiiiiiiiiiiiiiiiiiiiiiiiiiiiiil!«

Ich weine vor Freude und gebe Sybil jede Menge Küsschen, ohne mich durch den Jungen stören zu lassen.

Meine Mutter: »Oh, vielen, vielen Dank!«

Sie nimmt Sybil ebenfalls in den Arm.

Meine Mutter: »Du kleiner Schlingel! Jag uns nie wieder solch einen Schrecken ein!«

Sybil versucht sich aus unserer Umklammerung zu winden, als wäre nichts geschehen und als sei es ganz normal für eine Katze ihres Formats, mal eben im Schneegestöber zu verschwinden.

Der Junge mit den schwarzen Haaren: »Gibt's auch eine Belohnung?«

Meine Mutter (holt ihr Portemonnaie aus der Tasche): »Ach so … ja. Natürlich.«

Der Junge: »Nein, Quatsch! Das war nur ein Witz!«

Meine Mutter: »Das machen wir aber gerne.«

Der Junge: »Das war wirklich nur ein Witz. Ich will keine Belohnung.«

Meine Mutter: »Na gut. Dann gehe ich mal wieder streichen.«

Meine Mutter geht zurück in ihr Zimmer, das sie – Gott allein weiß, warum – kanarienvogelgelb streicht.

Der Junge: »Ich heiße Tommy.«

Ich: »Ich bin Amélie.«

Tommy: »Ich wohne gleich nebenan. Ich habe deine Katze auf der Straße gefunden und sie mit nach Hause genommen. Mein Bruder hat mir gesagt, dass du sie suchst.«

Ich setze Sybil auf den Boden.

Ich: »Gleich nebenan? Ich habe dich noch nie gesehen!«

Tommy: »Ich bin gerade erst hergezogen.«

Ich: »Mitten im Schuljahr?«

Tommy: »Kurz nach Weihnachten.«

15:23

Tommy erzählt mir auf der Türschwelle, dass er nach der Scheidung seiner Eltern bei seiner Mutter gewohnt hat. Seinen Vater sah er nur selten, weil seine Mutter fünf Stunden weit weg wohnt. Er traf ihn an Weihnachten und manchmal am Geburtstag. Meistens telefonierten sie oder schrieben sich E-Mails. Was auch erklärt, warum ich Tommy vorher nie gesehen habe. Vor einem Jahr hat Tommy seiner Mutter eröffnet, dass er gerne bei seinem Vater leben würde. Er wollte ihn häufiger sehen und seinen Halbbruder und seine Halbschwester besser kennenlernen. Seine Mutter war total vor den Kopf gestoßen. Aber nach einem Jahr Verhandlung hat sie Tommy gehen lassen. Er sagt, sie fehle ihm, aber er sei froh, hier zu sein.

15:24

Tommy: »Du gehst nicht auf die Schule hier im Viertel, oder?«

Ich: »Nein, ich gehe auf eine … private Mädchenschule.«

Tommy: »Ah. Na, da werden wir uns wohl nicht über den Weg laufen.«

Ich: »Hihi. Nein, wohl nicht. Also, vielen Dank, dass du mir meine Katze gebracht hast.«

Tommy: »Keine Ursache.«

Sybil macht Anstalten, schon wieder durch die offene Tür zu flitzen, und ich bücke mich schnell und nehme sie auf den Arm.

Tommy dreht sich zum Gehen. Bevor ich die Tür schließe, ruft er mir zu: »Du bist echt kallipygisch!«
Jetzt beleidigt er mich, oder was? Was habe ich ihm denn getan?
Ich rufe zurück: »Pfff! Selber!«
Tommy: »Danke.«
Häh?!?
Ich gehe in mein Zimmer und schnappe mir mein Wörterbuch. Ich blättere wild und finde die Erklärung: »Kallipygisch: mit einem wohlgeformten Hinterteil ausgestattet.«
Ich werde rot. Ups. Ich habe gesagt »selber«! Jetzt denkt er, dass ich seinen Hintern schön finde! Dabei habe ich seinen Hintern gar nicht gesehen! Und selbst wenn ich ihn schön finden würde, hätte ich ihm das bestimmt nicht gesagt. Dem ist wohl gar nichts peinlich!

Samstag, 11. März

Auf dem Rückweg vom Supermarkt – meine Mutter hat mich Milch holen geschickt, obwohl es saukalt ist (wäre das nicht ein Fall fürs Jugendamt?) – habe ich Tommy getroffen. Er hat mich zu sich nach Hause eingeladen. Ich habe erst meiner Mutter die Milch gebracht und bin dann zu ihm rübergegangen, aber vorher habe ich mir noch sorgfältig den Mantel über den Hintern gezogen, damit er nicht zu sehen ist. Ich hoffe von ganzem Herzen, dass er das Thema vergessen hat.

Tommy: »Und, hast du ›kallipygisch‹ im Wörterbuch nachgeguckt?«

Scheiße!

Ich: »Ich habe übrigens einen Freund.«

Damit sollte die Sache klargestellt sein. Ich habe gesagt, dass ich ihn als *Nachbarn* betrachte. Und dass ich mir jede weitere Anspielung auf das K-Wort oder seine Bedeutung verbitte. Er hat nur gelacht.

14:00

Bei Tommy im Keller gibt es eine beeindruckende Schallplattensammlung und zwei Gitarren. Außerdem ist dort auch sein Zimmer.

Ich: »Warum hast du so viele Platten?«

Tommy: »Die gehören meinem Vater. Der ist ein Musik-Freak. Deshalb wollte ich auch bei ihm wohnen. Wir haben die gleiche Leidenschaft. Und ich wollte Noah und Charlotte besser kennenlernen, meine Halbgeschwister.«

14:25

Tommy stimmt seine Gitarre.

14:31

Während Tommy Lieder spielt, die ich nicht kenne, stöbere ich durch die Plattensammlung.

Ich: »Tommy ... ist das die Kurzform für Thomas?«

Tommy: »Tommy ist mein ganzer Name.«

Er legt die Gitarre ab, zieht sein Portemonnaie aus der Hosentasche und zeigt mir seinen Schülerausweis, um seine Identität zu beweisen.

Ich: »Haha! Auf dem Foto siehst du echt komisch aus!«

Tommy: »Da war ich kurz vorher beim Friseur gewesen! Zeig mal deins.«

Ich: »Niemals! Da sehe ich schrecklich aus! Ich glaube, immer wenn ich komme, geht der Fotoautomat kaputt.«

Tommy: »Na klar!«

Ich studiere seinen Ausweis: »Tommy ... Durocher.«

Tommy: »Meine Eltern stehen total auf ein Musical, das sie in New York gesehen haben. Es heißt *Tommy*. Deswegen haben sie mich so genannt. Und warum heißt du Amélie? Etwa nach deiner Großmutter?«

Ich: »Haha, nein ... In der Nacht, bevor meine Mutter zum Ultraschall ins Krankenhaus gegangen ist, hatte mein Vater einen Traum. Er hat geträumt, dass die Ärztin schwarze Haare hat und meinen Eltern sagt, dass sie ein Mädchen bekommen. Dann hat die Ärztin gefragt, wie sie mich nennen wollen, und mein Vater hat gesagt: ›Amélie‹. Am nächsten Tag im Krankenhaus wurde meine Mutter tatsächlich von einer schwarzhaarigen Ärztin untersucht, und als sie erfuhren, dass ich ein Mädchen bin, hat mein Vater meiner Mutter von seinem Traum erzählt. Und dann haben sie beschlossen, mich Amélie zu nennen.«

Nachdem ich diese Geschichte erzählt habe, bin ich den Tränen nahe. Wenn ich an meinen Vater denke, habe ich das Gefühl, dass mir der Boden unter den Füßen wegrutscht, und mir wird schwindelig. Ich versuche, ruhig zu atmen, um nicht vor Tommy loszuheulen (der ja nahezu ein Wildfremder ist).

Tommy: »Alles o. k.?«

Ich: »Ja, aber ich glaube, ich habe eine Allergie.«

Tommy: »Gegen was?«

Ich: »Äh, gegen … Staub. Du machst hier wohl nicht gerade oft sauber.«

Bäh! Ich klinge wie meine Mutter!

14:35

Tommy hat sich meine Tasche geschnappt und meinen Schülerausweis aus dem Portemonnaie gefischt.

Tommy: »Amélie … Laflamme. He, das Foto ist gar nicht übel! Übrigens, das mit dem Oma-Namen war nicht so gemeint.«

Ich: »Ist schon o. k. Das mit der Kurzform war auch nicht so gemeint.«

Tommy: »Was dagegen, wenn ich dich *Laf* nenne?«

Ich: »Ja!«

Vermerk an mich selbst: Ich habe zwar was dagegen, aber lachen muss ich trotzdem.

14:36

Das Lachen hat mir gutgetan. Mein Atem wurde wieder ruhiger und ich habe Tommy das mit meinem Vater einfach gesagt. Er hat wortlos die ersten Akkorde von *Sometimes You Can't Make It On Your Own* von U2 angestimmt. Dann hat er mir erklärt, dass Bono, der Sänger von U2, dieses Lied bei Konzerten oft seinem verstorbenen Vater widmet.

14:37

Bei Bono musste ich plötzlich an den Papagei von Nicolas' Onkel denken. Und bei dem Papagei musste ich an Nicolas denken. Und beim Gedanken an Nicolas fiel mir ein, dass ich um Viertel vor drei mit ihm verabredet war! Ich habe mich wie der Blitz von Tommy verabschiedet und bin losgerannt.

14:59 (Vierzehn Minuten zu spät: Im Schnee zu rennen ist gar nicht so leicht)

Ich habe Nicolas erklärt, dass ich bei meinem neuen Nachbarn Tommy war und die Zeit vergessen habe. Anfangs sah ich Zweifel in seinen Augen, aber dann sagte er: »Das Wichtige ist ja, dass du jetzt da bist.«

20:00

Nicolas und ich haben einen Film geguckt (oder zumindest so getan) und dabei gelegentlich (hauptsächlich) geknutscht, bis sein Bruder (der mir echt auf den Wecker geht) dazukam. Dann bin ich nach Hause in mein (stinkendes) Zimmer gegangen und habe (völlig unkonzentriert) Mangas gelesen (vielleicht auch was anderes, bin mir nicht sicher), bis ich (mit den Gedanken bei Nicolas) eingeschlafen bin.

Sonntag, 12. März

Ich habe eine geniale Idee! Tommy ist echt cool, ich sollte ihn Kat vorstellen! Die beiden sind wie füreinander geschaffen!

Mittags
Meine Mutter ist total begeistert von den neuen Farben an den Wänden. Sie meinte, sie würden frische, positive Energie ins Haus bringen. Ich habe erwidert:
»Wir haben halt endlich mal die olle Tapete gestrichen, das ist alles.«
Darauf sie:
»Miesmacher!«
Und dann hat sie mich gekitzelt wie ein kleines Kind. Also echt!
HIHIHIHIHIHIHIHIHIHHIHIHIHIHIHIHIHI-HIHIHIHIHIHIHIHI! Das kitzelt!!!

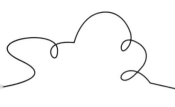

Montag, 13. März

Die Woche Ferien hat echt gutgetan. Keine Ahnung, ob der Farbgeruch mein Gehirn durchgepustet hat, jedenfalls fühle ich mich wie ausgewechselt. Bereit, jede Menge neuer Dinge zu lernen!

10:30

Hm, dieser Effekt scheint nicht sehr lange anzuhalten. Eine Stunde Mathe reicht schon, um mein Gehirn wieder in Nebel zu hüllen. Trotz größter Motivation spüre ich nach zehn Minuten angestrengten Zuhörens, wie es in meinem Gehirn anfängt zu brodeln – es sind aber keine heißen Denkblasen, die da aufsteigen, sondern schwerfällige Luftblasen, wie in einem Sumpf. Blubb!

18:32

Nach dem Abendessen.
Ich: »Mama, ich habe ein Mega-Problem.«
Meine Mutter: »Ach ja, was denn?«
Ich: »Ich bin schlecht in der Schule.«
Meine Mutter: »Du bist nicht schlecht. Deine Noten werden doch immer besser.«
Ich: »Aber ich bin am Rande meiner Gehirnkapazität und die wird leider nicht größer.«

Meine Mutter: »Ich glaube, du bist einfach nur unkonzentriert, weil du … verliebt bist! Àpropos Liebe, ich muss dir etwas sagen.« (Sie ist plötzlich ganz ernst.) »Du kennst doch meinen Chef, François Blais … Erinnerst du dich? Ich habe dir schon von ihm erzählt. Also, er hat zufällig meine Seite bei der Partnerbörse gesehen und mir eine E-Mail geschickt, so nach dem Motto: ›Was meinst du, bin ich dein Typ?‹ Aber nur zum Spaß. Wir haben darüber gelacht. Wir haben uns echt kaputtgelacht. Wir haben im Büro Witze darüber gemacht und … gelacht.«

Ich: »Mann Mama, ich habe zwar Probleme in der Schule, aber blöd bin ich nicht. Ihr habt also eine Menge gelacht, so viel habe ich begriffen.«

Meine Mutter: »Ja, also, genau. Und jetzt sind wir ein Paar.«

Ich: »Was?!?«

Meine Mutter: »Ich habe dir nicht schon früher davon erzählt, weil es nicht offiziell war. Aber so langsam wird es ernst. Wir gehen oft zusammen essen, wir sind ein paarmal etwas trinken gegangen und … na ja. Jetzt haben wir also beide einen Freund. Ist doch prima, oder?«

Ich: »*Prima?*«

Meine Mutter: »Na, ich meine, ist doch *cool*. Und ich habe ihn für Freitagabend zum Essen eingeladen. Nicolas kann auch kommen, wenn du willst.«

19:01

Ich sitze immer noch genauso da wie in dem Moment,

als meine Mutter mir ihre große Neuigkeit verkündet hat. Jetzt bin ich sicher, dass mit meinem Gehirn etwas nicht stimmt. Es ist nicht mehr in der Lage, meinen Gliedmaßen Befehle zu übermitteln.

Die Liebesgeschichte meiner Mutter (meine Version): Mitte Februar hat meine Mutter beschlossen, nicht mehr mit unbekannten Typen zu chatten. Sie war glücklich und fühlte sich wohl in ihrer Haut. Und dann kam François Blais (François Bäh!), nutzte die Gelegenheit und vernaschte sie (sie ist garantiert die *tollste Frau* in seinem Büro).

Schlussfolgerung: François Blais ist der Teufel. Und meine Mutter könnte ihn wegen sexueller Belästigung am Arbeitsplatz anzeigen.

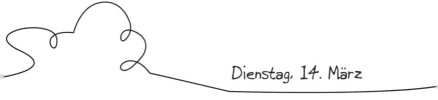

Dienstag, 14. März

Meine Mutter hat einen Freund. Meine Mutter hat einen Freund? Meine Mutter hat einen Freund … Vielleicht sollte ich vorsichtshalber ihre Stringtangas verstecken. Meine Mutter hat einen Freund, und sie trägt

Tangas, VOR IHM! Oh! Mein! Gott! Ein Trauma jagt das nächste!

Mittags

Kat geht es langsam besser. Sie sagt, ihre neue Leidenschaft für Pferde fülle sie total aus. Als ich ihr von der Sache mit meiner Mutter und François Blais erzählte, meinte sie, am besten solle ich mir auch Pferdeposter ins Zimmer hängen. Aber für mich ist das nichts. Pferde machen mir ein bisschen Angst. Ich ziehe Sybil vor. Kat träumt von ihrem eigenen Pferd. Sie meinte, am liebsten hätte sie eine Stute, und die würde sie Betty Boop nennen.

Ich: »Du hast doch bald Geburtstag.«

Kat: »Ich wünsche mir auch ein Pferd! Das wäre natürlich wahnsinnig teuer, aber als ich meinen Eltern gesagt habe, dass ich mir eins wünsche, haben sie ganz geheimnisvoll gelächelt. Vielleicht haben sie ja ein bisschen was gespart. Immerhin werde ich fünfzehn und das ist ein wichtiger Geburtstag.«

Ich: »Fünfzehn ist ein wichtiger Geburtstag? Ich dachte sechzehn und achtzehn.«

Kat: »Nein, fünfzehn und achtzehn.«

Ich: »Warum nicht gleich zehn und achtzehn?«

Kat: »Ist doch egal. Ich will ein Pferd!«

Mittwoch, 15. März

In Mathe schreibt Kat mir einen Brief, in dem sie mich zu ihrer Geburtstagsparty nächsten Samstag einlädt. Ihr Brief ist echt lieb. Sie entschuldigt sich, dass sie in letzter Zeit so mies drauf gewesen sei. Sie erklärt, wie traurig sie gewesen sei und wie schwer es ihr gefallen sei, sie selbst zu sein. Aber sie schreibt auch, dass es ihr jetzt besser gehe und dass sie Glück habe, eine so verständnisvolle Freundin wie mich zu haben. Sie sagt, an ihrem Geburtstag wolle sie nur mit mir und ihrer Familie feiern.

10:30

In Bio geht es um die Funktionen des Gehirns und des Nervensystems.
Schwester Rose: »Nervenimpulse steuern unterschiedliche Hirnregionen an, wo sie entschlüsselt werden. Das Gehirn veranlasst daraufhin die Kontraktion von Muskeln oder die Ausschüttung von Hormonen, je nach Ursache des Impulses. Nehmt euer Buch und schlagt Seite 163 auf.«

10:46

Kats Brief hat meinem Gehirn den Impuls übermittelt, dass ich eine schreckliche Freundin bin, woraufhin mein

Gehirn eine Reihe von Strafreaktionen veranlasst hat. Deshalb fühle ich mich jetzt angespannt und unwohl. Mein Leben ist der reinste Biounterricht.

10:48

»Wie ihr sehen könnt, ist die linke Gehirnhälfte für das Sprachvermögen und die mathematischen Fähigkeiten zuständig, während die rechte Gehirnhälfte ... Amélie Laflamme, kannst du uns sagen, wofür die rechte Gehirnhälfte zuständig ist?«

Ich: »Die rechte was? Gehirnhälfte? Äh ...« (Ich schaue schnell in mein Buch, während mein Gehirn mit der Funktion »Unbehaglichkeitshormone ausschütten« beschäftigt ist. Und nicht nur, weil ich Kat angelogen habe.) »Die rechte Gehirnhälfte bestimmt musikalische oder künstlerische Fähigkeiten, die Fantasie und, äh ... die Vorstellungskraft.«

Das alles lese ich so flüssig vor wie ein Vorschüler.

Schwester Rose: »Sehr gut. Also, Amélie Laflamme, versuch im Biounterricht bitte, die linke Gehirnhälfte zu gebrauchen und nicht die rechte. Hihihi!«

Wie immer, wenn sie einen Witz macht, legt sie die Hand vor den Mund und gluckst eine Weile vor sich hin, die mir unendlich lang vorkommt (vor allem, da sie über mich lacht). Ich höre auch die anderen Mädchen kichern und mache mich ganz klein.

Vermerk an mich selbst: Was genau ist bitte das Problem mit meinem Gehirn?

Vermerk an mich selbst Nr. 2: Ich frage mich, ob sich das Gehirn irgendwann an PEINLICHE SITUATIONEN gewöhnt. Grrr.

Mittags

Kat: »Und, kommst du zu meiner Party?«

Mein Gehirn schüttet plötzlich eine große Menge Hormone aus (Wirkung: meine Hände werden feucht), entsprechend der Ursache des Impulses (ich habe sie angelogen).

Ich: »Kat, ich habe deine Freundschaft nicht verdient! Ich bin seit sechs Wochen mit Nicolas zusammen! Ich kann verstehen, wenn du nie wieder mit mir reden willst!«

Und ich stürme, den Tränen nahe, davon.

12:45

Mein Kopf steckt in meinem Schließfach und ich versuche, wieder ruhiger zu atmen. (Mann, hier stinkt's, vielleicht sollte ich das Fach doch mal saubermachen.) Jemand tippt mir auf die Schulter. Ich ziehe den Kopf raus und drehe mich um. Es ist Kat. Ich stecke den Kopf zurück ins Fach.

Kat: »Komm da raus!«

Ich: »Nein.«

Kat: »Ich will nicht mit einem Schließfach reden!«

Ich: »Ich bin eine Verräterin!« (Ich ziehe den Kopf aus dem Fach.) »He! Du kannst mich einen Tag lang hier drin einsperren, dann sind wir quitt, o. k.?«

Kat: »Ich sperre bestimmt nicht meine beste Freundin in ihrem Schließfach ein!«

Ich: »Ich … bin immer noch … deine beste Freundin?«

Kat: »Du hättest es mir sagen sollen!«

Ich: »Ich hatte Angst, dir wehzutun …«

Kat: »Du dachtest, du würdest mir wehtun?«

Ich: »Ja … und ich hatte Angst, dass du sauer bist.«

Kat: »Also echt!«

Ich: »Du schienst so glücklich über deinen Pakt zu sein.«

Kat: »Ich glaube, ich war so traurig, dass ich alle anderen mit ins Boot holen wollte. Du bist also mit Nicolas zusammen! Das ist doch super! Er ist echt cool! Ich glaube, ich wäre sauer gewesen, wenn du *nicht* mit ihm zusammengekommen wärst.«

Ich: »Du bist nicht sauer?«

Kat: »Weißt du was, ich bin bald fünfzehn! Wenigstens eine von uns sollte langsam erwachsen werden. Kein Wunder, dass ich das bin – bin ja auch die Ältere!«

Ich: »Haha! Na o. k., ich hab's verdient.«

Kat: »Außerdem, um ehrlich zu sein, ich habe keine Kraft mehr für schlechte Gefühle. Ich glaube, du hast es gut gemeint. Du wolltest mir nicht wehtun. Das finde ich lieb.«

Ich: »Das heißt … du lädst mich trotzdem zu deiner Party ein?«

Kat: »Na klar! Ohne dich mache ich keine Party. Aber

ohne Nicolas, ja? Das wird eine Mädchenparty. Nur du und ich und meine Familie, gezwungenermaßen, schließlich wohne ich bei ihnen …«

Ich: »Diesen Pakt kann ich ganz sicher unterschreiben: Ich werde niemals so eine Tussi sein, die ihren Freund überallhin mitnimmt und nur auftaucht, wenn er auch da ist!«

Kat: »Ich habe einen besseren Pakt: keinen Pakt mehr!«

Ich: »Ja, o.k., noch besser. Oder wenigstens den Pakt, dass wir uns immer die Wahrheit sagen?«

Kat: »Keinen Pakt mehr! Außer dem, dass wir die besten Freundinnen der Welt bleiben, *4 ever and ever*. Denn ohne Freund und ohne beste Freundin müsste ich mir echt scheißviele Pferdeposter an die Wand hängen, um meine Traurigkeit vergessen zu können.«

Ich: »Hahaha.«

13:30

Kat und ich haben uns superlange umarmt. Erst als es geläutet hat, haben wir gemerkt, dass niemand mehr im Gang war und wir viel zu spät für die nächste Stunde dran waren.

Niemals vergessen: Ich habe die allerbeste Freundin der Welt!!!!!

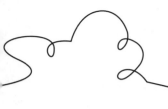

Freitag, 17. März

Heute in der Schule konnte ich mich kaum konzentrieren, weil ich die ganze Zeit daran denken musste, dass der neue Freund meiner Mutter heute zum Abendessen kommt. Wieso ist mir gar nicht aufgefallen, dass sie verliebt ist? Aber vielleicht ist sie ja gar nicht verliebt. Könnte doch sein. Vielleicht ist das eine Art Übergangsmann. Sie war seit dem Tod meines Vaters mit keinem Mann mehr zusammen. Vielleicht muss sie erst ein paar Männer anprobieren, wie Klamotten. Kat meint, ich solle das cool nehmen. Das sagt sich so leicht, Madame »Ich-bin-jetzt-total-entspannt-dank-meiner-Pferdeliebe«!

18:00

Meine Mutter und ich warten auf François Blais. Nicolas kann nicht zum Essen kommen, weil er arbeiten muss. Meine Mutter ist total aufgeregt. Ich bin eher gelassen. Schließlich ist er nur ein Übergangsmann. Das scheint meiner Mutter allerdings nicht bewusst zu sein, so wie die gerade drauf ist (ihre Stimme ist mindestens fünf Oktaven höher als sonst). Aber sie wird es schnell genug merken, und dann kehrt alles wieder zum Normalzustand zurück in diesem Haus (das mit den neuen Farben wirklich sehr schön aussieht).

18:34

Aha! François Blais hat einen Riesenfehler! Er ist un-
pünktlich! Er kommt um 18:34, dabei hatte meine Mutter ihn für 18:30 eingeladen. Unzuverlässig!

18:35

Bäh! Er hat mich auf beide Wangen geküsst. Dabei kennt
er mich gar nicht! Und er kratzt!

18:45

François Blais sieht echt ganz gut aus. Ziemlich groß, schlank
(er muss so ein Typ sein, der immer ins Fitnessstudio
rennt), schwarze Haare mit grauen Strähnen, aber ein
junges Gesicht (er geht bestimmt ins Solarium: bescheuert). Aber eins steht fest: MEIN VATER SAH BESSER
AUS.

18:50

Meine Mutter hat Schweinskoteletts gemacht. Ich kriege
kaum einen Bissen herunter.

18:55

Ich glaube, mein Gehirn spinnt rum und ich kann mei-
ne Nervenimpulse nicht mehr kontrollieren. (To do:
Schwester Rose fragen, ob das normal ist.)
Aus dem Munde von François Blais habe ich eine weitere
Version ihrer Liebesgeschichte erfahren:
Angeblich haben meine Mutter und François Blais sich
vom ersten Augenblick an gut verstanden. François Blais

hat vor etwa drei Jahren die Firma übernommen – also nach dem Tod meines Vaters. François Blais und meine Mutter waren sofort auf einer Wellenlänge (sagt zumindest François Blais) und entdeckten schnell, dass sie vieles gemeinsam haben (vermutlich beruflich gesehen). Manchmal unternahmen sie sogar etwas zusammen oder gingen nach der Arbeit noch in eine Bar (das erklärt auch, warum meine Mutter öfter spät von der Arbeit kam und ihre elterlichen Pflichten vernachlässigt hat). François Blais war also, wie er behauptet, schon immer in meine Mutter verliebt, hat aber nie mit ihr geflirtet. Wie er ihr vor Kurzem gestand, lag das an seinem Respekt davor, dass sie Witwe war (pffffff!). Als er jedoch erfuhr, dass sie auf der Suche nach einer Beziehung war und sich sogar bei einer Partnerbörse angemeldet hatte, tat er alles, um sich als möglicher Kandidat ins rechte Licht zu rücken. Ganz unaufdringlich lud er sie immer wieder zum Ausgehen ein, und als meine Mutter ihm erzählte, dass sie sich bei der Partnerbörse abgemeldet hatte, packte er die Gelegenheit beim Schopfe und gestand ihr seine Gefühle (wenn man »die Gelegenheit« durch »meine Mutter« ersetzt, hat man sie schon, die sexuelle Belästigung am Arbeitsplatz! Ha!). Er fügte hinzu, sie sei ihm schon lange im Kopf herumgegangen, aber er habe warten wollen, bis sie bereit war.

Was. Für. Ein. Scheiß.

Während mein Gesicht nur ein verzerrtes Grinsen zustande bringt, gurrt meine Mutter wie eine Turteltaube. Ihre Stimmlage ist so hoch, dass ich mir sicher bin, nur Hunde können verstehen, was sie sagt.

Vermerk an mich selbst: Ich muss leider zugeben, dass François Blais' Geschichte zu überzeugend ist, um ihn wegen sexueller Belästigung am Arbeitsplatz anzuzeigen. Und wenn ich mir meine Mutter so anschaue, würde sie auch keine glaubwürdige Zeugin abgeben.

19:05

Die Stunde der Rache ist gekommen. Während meine Mutter und François Blais mit glänzenden Augen ins Gespräch vertieft sind, halte ich den Zeitpunkt für gekommen, meiner Mutter mit gleicher Münze heimzuzahlen, was sie mir bei Nicolas' Besuch angetan hat. Wenn François Blais so cool ist wie Nicolas (zum Beispiel), wird er die Fehler meiner Mutter hinnehmen, ohne mit der Wimper zu zucken. Wenn er der Teufel ist, den ich hinter seinem perfekten Auftreten vermute, wird er jetzt sein wahres Gesicht zeigen.

Die Geheimnisse meiner Mutter, die ich François Blais bei meinem kleinen Rachefeldzug mitgeteilt habe:
- Sie nimmt JEDE FOLGE von *Topmodels* auf.
- Sie hat schon eine Million Mal ihren Schlüssel im Auto eingeschlossen.

- Sie kann bei dem Versuch, eine Stadt zu verlassen, viermal über dieselbe Brücke fahren.
- Sie lässt Zitronen und Äpfel auf dem Küchentisch vertrocknen, weil sie das »dekorativ« findet.
- Als sie noch kein Handy hatte, nahm sie immer den Hörer unseres Festnetztelefons mit ins Auto, um so tun zu können, als telefoniere sie, wenn sie nachts allein unterwegs war und ihr irgendwelche Typen unheimlich waren. (Ich persönlich glaube, dass sie wie eine Entflohene aus dem Irrenhaus gewirkt haben muss, weil natürlich jeder sehen konnte, dass der Hörer zu einem Festnetztelefon gehörte und es so aussah, als telefoniere sie mit sich selbst.)
- Sie ist davon überzeugt, dass irgendwelche Leute sich in ihren Computer hacken, um sie auszuspionieren.
- Sie muss furzen, wenn sie einen Lachanfall hat.

19:15

François Blais musste so lachen, dass er mich schließlich bat, aufzuhören. Das Lachen meiner Mutter war eher gezwungen. (Vielleicht hat sie auch deshalb nicht stärker gelacht, weil sie Angst hatte zu furzen. Hahaha!)

19:16

Nur weil er so anständig reagiert hat, heißt das nicht, dass er der richtige Mann für meine Mutter ist. Sollte er der Teufel persönlich sein, wird er sich von vertrockneten Früchten, Paranoia und ein paar Fürzen nicht entmutigen lassen!

21:16

Ich bin schon seit einer Stunde in meinem Zimmer und tue so, als würde ich lesen, während ich eigentlich versuche, das Gespräch zwischen meiner Mutter und F.B. im Wohnzimmer zu belauschen. Als F.B. endlich weg ist, kommt meine Mutter zu mir ins Zimmer.
Meine Mutter (auf der Türschwelle): »Und, wie findest du ihn?«
Ich: »Ganz o.k.«
Meine Mutter: »Mehr nicht?«
Ich: »Na … er ist schon in Ordnung.«
Meine Mutter: »Er fand dich jedenfalls super. Und übrigens, ich habe die Lektion verstanden. Ich plaudere keine Geheimnisse mehr aus.«
Sie macht eine Geste, als verschließe sie ihren Mund mit einem Reißverschluss.

Samstag, 18. März

Bei dem ganzen Trubel bin ich noch nicht dazu gekommen, ein Geburtstagsgeschenk für Kat zu kaufen. Es wäre echt cool, eine Zeitmaschine zu haben, um die verlorene Zeit wieder aufholen zu können. Ich erledige immer alles auf den letzten Drücker. Na ja, eigentlich ist ihr Geburtstag ja erst am 22. März, ich könnte ihr das Geschenk also auch Mittwoch in der Schule geben. Hm … nicht cool. Ich werde jetzt noch etwas kaufen, so wie es sich gehört!

14:13

Ich hetze durchs Einkaufszentrum. Ich habe ein schönes Pferdeposter und eine Kette mit einem Pferdeanhänger gefunden. Jetzt suche ich noch Geschenkpapier – ohne Erfolg. Mir bleibt nicht mehr viel Zeit, Kat hat gesagt, ich solle gegen fünfzehn Uhr kommen. Also mache ich mich auf den Rückweg, mir wird schon was einfallen.

Ich (aus meinem Zimmer): »Mamaaaaaa? Haben wir Geschenkpapier?«
Meine Mutter (aus der Küche): »Nur mit Weihnachtsmotiven, mein Püppchen!«
Ich: »Ahh! Nenn mich nicht immer ›Püppchen‹!«
Ich habe kein Geschenkpapier, Scheiße! Und auch keine Karte!

15:00

Ich komme zu Kat. Julianne scheint nicht mehr sauer auf mich zu sein, aber sie zieht sich auch nicht mehr so an wie ich. Das ist doch schon mal ein Vorteil.
Kat nimmt mich mit in ihr Zimmer und flüstert:
»Weißt du, was meine Eltern gesagt haben?«
Ich: »Nein.«

Kat: »Sie haben eine Riesenüberraschung für mich, die um sechzehn Uhr ankommt. Ich glaube, es ist ein Pferd! Kannst du dir das vorstellen? Ein Pferd! Betty Boop!!! Hoffentlich ist sie braun! Mit einer schönen dunklen Mähne!«

15:30

Kat ist so aufgeregt, dass sie andauernd alle möglichen Sachen umschmeißt. Ihre Mutter hat ihr erlaubt, ein paar Geschenke auszupacken, während sie auf die »Riesenüberraschung« wartet. Zugegeben, Kat könnte sogar recht haben. Vielleicht haben ihre Eltern ihr wirklich ein Pferd gekauft. Jedenfalls scheinen sie sehr zufrieden mit ihrer Überraschung zu sein.

Kat hat von ihrer Schwester ein T-Shirt und von ihren Eltern eine Hose bekommen. Dann habe ich ihr mein Geschenk überreicht, das in einen alten Kissenbezug eingewickelt war. Ich habe ihr empfohlen, zuerst die Karte zu lesen (die ich höchstpersönlich aus einem Blatt Papier gebastelt und auf deren Vorderseite ich »Happy Birthday, Kat« geschrieben sowie drei misslungene Luftballons gezeichnet habe).

Liebe Kat,
Du bist doch für Umweltschutz, oder?
Ich jedenfalls schon … deswegen habe ich dein Geschenk auch nicht eingepackt. Geschenkpapier ist nämlich nicht umweltfreundlich. Einen Baum zu fällen, um ein Geschenk einzupacken, nur des Überraschungseffekts wegen? Ich sage: »Nein!«
Wenn der Planet explodiert ist und alle natürlichen Ressourcen

verloren sind und wir uns vor Gott verantworten müssen und
er uns fragt: »Na, sagt mal, liebe Menschen, was habt ihr bloß
mit den ganzen Bäumen gemacht?«, und wir darauf antworten
»Tja ... Zeitungen und Klopapier und natürlich Geschenk-
papier, wegen des schönen Überraschungseffekts ...«, dann
wird er uns für total bescheuert halten! Zu Recht!
Herzlichen Glückwunsch!

Deine beste Freundin 4ever
Amélie
xxx

Kat hat gelacht und gesagt:
»Ich wusste gar nicht, dass du so ein Öko bist!«
Ich habe geantwortet, dass ich seit einiger Zeit einen
Öko-Blog besuche (ohne zu erwähnen, dass der einzige
Grund dafür mein Bedürfnis war, mitzuteilen, dass ich
einen Freund habe, hihi).

15:45
Kat freut sich total über meine nicht eingepackten Geschenke. Sie legt sich sofort die Kette um.

15:55
Kat hüpft beinahe auf der Stelle. Ihre Mutter ist sehr zufrieden, dass ihre Überraschung einen derartigen Effekt
auf ihre Tochter ausübt.

Immer noch keine Überraschung in Sicht. Kat kann nicht mehr. Ich glaube, wenn ihr Pferd kommt, fällt sie in Ohnmacht.

16:02

Es klingelt an der Tür. Kat macht auf. Ein Clown mit einem riesigen Strauß Luftballons gibt ihr einen Schubs und ruft:

»WER HAT DENN HIER GEBURTSTAG?«

Ohne sich um den Clown zu kümmern, späht Kat nach draußen auf der Suche nach einem Laster, der groß genug ist, um ein Pferd zu transportieren. Aber da ist keiner. Sie sieht mich verwirrt an.

16:15

Der Clown singt ein Ständchen für Kat, die immer noch aus dem Fenster schaut. Ehrlich gesagt, finde ich den Clown ein bisschen gruselig. Kats Mutter lächelt strahlend und ist anscheinend wahnsinnig stolz auf ihren Einfall.

16:20

Der Clown verabschiedet sich, nachdem Kats Vater ihm ein großzügiges Trinkgeld überreicht hat.

Kats Mutter: »Na, meine Große? Hat dir die Überraschung gefallen?«

Kat: »Was, *das* war die Überraschung? Ein Clown?!???!!!«

Kats Mutter: »Freust du dich nicht?«

Kat fehlen die Worte. Sie will ihre Mutter nicht enttäuschen, aber sie ist nicht in der Lage, so zu tun, als hätte sie sich über den Besuch eines Clowns zu ihrem fünfzehnten Geburtstag gefreut. Ihre Mutter überreicht ihr einen Umschlag. Kat macht ihn auf. Ich schaue ihr über die Schulter. Es ist die Broschüre eines Reiterhofs.

Kat: »Mama? Papa?«

Kats Mutter hat Tränen in den Augen. Und jetzt ist Kat wirklich kurz davor, in Ohnmacht zu fallen.

Kats Mutter: »Das ist einer der besten Höfe für Reitferien. Du wirst lernen, wie man reitet, striegelt, füttert … Du wirst einen Monat dort bleiben!«

Kat: »Einen … einen ganzen … Monat?«

Kat bricht in Tränen aus und stürzt ihren Eltern in die Arme, die ebenfalls gerührt zu sein scheinen. Julianne und ich sehen uns an und ich sage:

»Da kannst du dann auch deine Pferdekette tragen!«

Julianne ruft mit durchdringender Stimme:

»Ich will auch auf den Reiterhof!«

Und Kats Vater, der sich für witzig hält, sagt:

»Jetzt können wir buchstäblich behaupten, dass die Pferde mit dir durchgegangen sind.«

Woraufhin Kat kurz die Stirn runzelt und ihren Vater ansieht, als wolle sie sagen: »Häh? Was soll das denn jetzt?!?« Aber sie hält sich aus Höflichkeit zurück, in Anbetracht dieses tollen Geschenks, das er ihr gerade gemacht hat.

Feststellung: Ich glaube, je älter man wird, desto öfter will man seine Intelligenz mit irgendwelchen blöden Wortspielen unter Beweis stellen. Das habe ich allerdings für mich behalten, denn nach diesem Geschenk wird Kat ihrem Vater so einiges verzeihen. Und das ist auch gut so, denn er ist der coolste Vater, den ich kenne.

Nach meinem, versteht sich.

20:00
Kat, Julianne und ich haben viel Spaß gehabt, das Helium aus den Luftballons einzuatmen und mit hoher Stimme zu sprechen. Wir haben uns fast totgelacht, bis Kats Eltern irgendwann meinten, wir sollten besser aufhören.

Mit Kats Erlaubnis habe ich ein paar Ballons mit nach Hause genommen. Ich glaube, Sybil wird damit ihren Spaß haben.

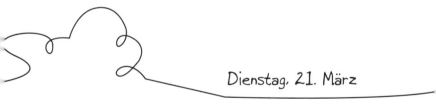

Dienstag, 21. März

Kat verschwendet anscheinend keinen Gedanken mehr an Ham. Sie liest in jeder freien Minute in ihrer Reiterhof-Broschüre. Sie ist besorgt, dass ich mich langweile, während sie weg ist. Ich habe ihr gesagt, sie solle sich keine Sorgen machen. Ich habe Sybil, einen

Freund und jetzt auch noch einen Nachbarn. Bei der Gelegenheit habe ich ihr ein bisschen von Tommy erzählt (und schon mal ganz unauffällig die Weichen für meine Kuppel-Aktion gestellt).

14:37

Heute in Sport haben wir Fußball gespielt. Irgendwann, in einem Moment völliger Geistesabwesenheit, habe ich mir den Ball geschnappt und in den Basketballkorb geworfen. Madame Manon dachte, ich hätte absichtlich Blödsinn gemacht (dabei hing ich nur mal wieder meinen Gedanken nach), und hat mich zum Direktor geschickt.

14:50

Ich ziehe mich erst um, bevor ich zu Monsieur Beaulieu gehe. Der muss mich echt nicht in meinen (grauenhaften) Sportsachen sehen. Da ziehe ich die Schuluniform bei Weitem vor.

Monsieur Beaulieu (seufzend): »Amélie Laflamme … du schon wieder.«

Er setzt sich an seinen Schreibtisch und bietet mir einen Stuhl an. Ich nehme ein Gummiband, das auf dem Tisch liegt, und spiele nervös damit herum.

Ich: »Ich schwöre, ich war in Gedanken ganz woanders, und einen Augenblick lang habe ich gedacht, wir spielten Basketball. Ich wollte nicht …«

Monsieur Beaulieu: »Verstehe.«

Ich: »Das stimmt wirklich!«

Ich spiele noch hektischer mit dem Gummi rum.

Monsieur Beaulieu: »Amélie, ich werde dir ein Geheimnis verraten. Ich glaube, du bist sehr intelligent. Vielleicht das intelligenteste Mädchen der Schule.«

Ich: »Ich? Da müssen Sie was verwechseln …«

Monsieur Beaulieu: »Nein, das glaube ich wirklich. Du bist schlau wie ein Fuchs! Aber du gibst dir keine Mühe. Im Unterricht bist du abgelenkt. Und was dein Betragen angeht …«

Ich nehme das Gummiband in den Mund und ziehe mit den Zähnen daran.

Ich: »Ich glaube, dass ich eine chemische Störung … des Gehirns habe. Meinen Sie, ich sollte mich mal untersuchen lassen?«

Monsieur Beaulieu: »Nein. Ich will, dass du mit den Mätzchen aufhörst und dich anstrengst. Dass du jeden Tag lernst und im nächsten Zeugnis nur noch Einsen und Zweien hast.«

Ich: »Unmöglich!«

Meine Mutter würde sicher sagen, dass an dem Gummiband jede Menge Bakterien sind. Ich nehme es aus dem Mund und spanne es zwischen den Daumen.

Monsieur Beaulieu: »Doch, das ist möglich. Ich lasse dich gerne jeden Abend nachsitzen, damit du lernst.«

Ich: »Aber ich lerne doch! Das war sogar einer meiner guten Vorsätze fürs neue Jahr!«

Monsieur Beaulieu: »Dann solltest du …«

Plötzlich rutscht das Gummiband von meinen Fingern ab und fliegt Monsieur Beaulieu direkt an die Stirn. Ich ziehe die Augenbrauen zusammen und schaue schnell weg.

Ich: »Ups.«

Monsieur Beaulieu streicht sich über die Stelle, wo das Gummi ihn getroffen hat, und holt tief Luft.

Monsieur Beaulieu: »Ich lasse dich nicht nachsitzen, aber ich will Ergebnisse sehen. Ich will, dass deine Noten in einem Monat besser sind. Wenn sich bis dahin nichts geändert hat, werde ich härter durchgreifen. Das tue ich, um dich zu fördern. Ich werde auch mit France … mit deiner Mutter sprechen.«

15:01

Wer France ist, weiß ich selber! Hm … vor Weihnachten war ich überzeugt, sie wäre in ihn verknallt. Dabei habe ich die Lage falsch gedeutet. In Wahrheit ist Monsieur Beaulieu in meine Mutter verknallt! Und er will, dass meine Noten besser werden, weil er keine Mutter einer Dreierkandidatin zur Freundin haben möchte (in Kunst habe ich zwar eine Eins, aber das zählt nicht, weil Monsieur Louis sowieso jedem eine Eins gibt).

15:02

Bevor ich sein Büro verlasse, verkünde ich:

»Meine Mutter hat übrigens einen Freund.«

Monsieur Beaulieu: »Kümmert der sich auch um deine Schulaufgaben?«

Ich: »Äh … nein.«

Monsieur Beaulieu: »Dann reicht es ja, wenn ich nur mit deiner Mutter spreche.« Er hält mir das Gummi hin und sagt: »Was dagegen, wenn ich das wegwerfe?«

Ich schüttele den Kopf, ziehe die Schultern hoch und verschwinde.

Erkenntnis nach meinem Gespräch mit Monsieur Beaulieu: Ich bin ein sich selbst verkennendes Genie!

Widerlegung meiner Erkenntnis: Wäre ich *wirklich* ein Genie, *hätte* ich es erkannt.

Frage: Wie kriegt Nicolas es hin, zu lernen und zu arbeiten? Er muss ein *echtes* Genie sein.

Finale Erkenntnis: Ich habe ein Genie zum Freund (wenn ich schon selbst keins bin)!

Mittwoch, 22. März

Ich habe kein Leben mehr. Meine Mutter erlaubt mir nicht mal mehr, unter der Woche fernzusehen. Außerdem darf ich keine Süßigkeiten mehr essen, weil sie meint, Zucker schade dem Gehirn. Und ich musste Nicolas sagen, dass ich mehr für die Schule tun muss und wir uns nicht mehr so oft sehen können. Er hat geantwortet, dann werde er sich eben auch mehr um seine Schularbeiten kümmern. Oh Mann, zwei echte Streber!

P.S.: Heute war Kats richtiger Geburtstag. Und wir konnten noch nicht mal gebührend mit Maoam feiern, weil mir dieser Genuss jetzt versagt ist. Seufz.

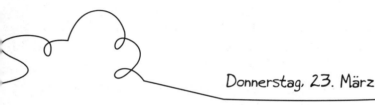

Donnerstag, 23. März

Meine Mutter hat aufgehört, *Topmodels* aufzunehmen. Wenn ich irgendwann mal eine Doktorarbeit schreibe, dann darüber, wie die Liebe Menschen verändert (mich eingeschlossen). Was *Topmodels* angeht, ist das wenigstens eine positive Veränderung. Ich schaue da nur ab und zu mal rein, wenn meine Mutter die Sendung guckt, und ich habe trotzdem nicht das Gefühl, irgendwas verpasst zu haben.

18:00
Beim Abendessen (Spaghetti mit Fleischklößchen) habe ich meiner Mutter gesagt, sie solle nicht aufhören, *Topmodels* aufzunehmen, nur weil ihr Freund die Sendung blöd findet. Sie habe ein Recht auf ihre eigene Persön-

lichkeit. Darauf sie: »Ich nehme *Topmodels* nicht mehr auf, damit ich Platz habe, um deine ganzen Serien aufzunehmen!«

Ich hätte sie darauf hinweisen können, dass man die Sendungen auch digital speichern kann, aber ich war so gerührt, dass ich den Mund hielt. Dann fing meine Mutter an zu lachen, weil ich anscheinend das ganze Gesicht voller Tomatensoße hatte (keine Ahnung, was daran so lustig sein soll!).

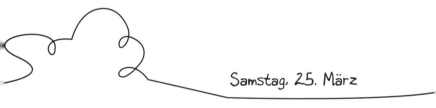

Samstag, 25. März

Meine Mutter hat meine ganzen Mangas versteckt und gesagt, ich dürfe mich nur noch abends mit Nicolas treffen. Kat ist zum Lernen zu mir gekommen (mit der Erlaubnis meiner Mutter, nachdem wir feierlich versprochen hatten, *wirklich* zu lernen). Kat und ich haben eine super Methode erfunden, um uns schwierige Begriffe zu merken. Wir singen die Definitionen zu Melodien von Simple Plan. Klingt komisch, macht aber echt Spaß.

14:13

Jemand klopft an die Haustür. Es ist Tommy.

Tommy: »Hey, Laf! Was treibst du?«

Ich: »Ich lerne.«

Kat: »Wer nennt dich denn Laf?«

Kat kommt zur Tür.

Ich: »Das ist mein Nachbar.«

Ich stelle die beiden vor und spüre sofort eine Verbindung.

14:19

Kat und Tommy sind dabei, sich anzuschreien. Tommy hat gesagt, er liebe Pferde ... vor allem im Kochtopf. Oh je!

14:37

Ich habe Tommy vor die Tür gesetzt, damit Kat und ich weiterlernen können. Kat kocht vor Wut. Sie will gegen alle Leute vorgehen, die Pferdefleisch essen. Ich habe gefragt: »Und was ist mit Rindern? Und Kälbern? Und den süßen kleinen Lämmchen?« Sie hat verkündet, dass sie Vegetarierin wird.

21:35

Nicolas und ich waren im Kino. Ich war so müde, dass ich mich überhaupt nicht auf den Film konzentrieren konnte. Die ganze Zeit spukten mir Dinge im Kopf herum, die ich heute gelernt habe. Komisch, normalerweise ist es andersrum: Wenn ich lerne, spuken mir Dinge im

Kopf herum, die ich in einem Film gesehen habe. Aber es war trotzdem schön. Irgendwann hat Nicolas meine Hand genommen und damit den ganzen verworrenen Inhalt auf der Festplatte meines Gehirns gelöscht, bis nur noch eins übrig war: Titilititi. Was, zumindest für mein Gehirn, sehr entspannend war.

Titilititiiiiii!!!

Sonntag, 26. März

Draußen wird es immer schöner. Der Winter ist fast vorbei. Man kann sogar den Schnee schmelzen hören. Nicolas hatte mich für heute Nachmittag zu sich eingeladen, aber sein Bruder und Raphael waren auch da, und ich hatte echt keinen Bock, mir deren blöde Filmsprüche anzuhören. Ich bin lieber zu Hause geblieben und habe mir alle Serien reingezogen, die ich diese Woche verpasst habe: *Gilmore Girls*, *One Tree Hill*, *Charmed* usw. Mann, hat das gutgetan!

19:01
Es ist alles andere als praktisch, dass meine Mutter und

ich jetzt beide einen Freund haben. Vorhin habe ich mit Nicolas telefoniert, als meine Mutter sich einfach den zweiten Hörer schnappte und draufloswählte. Ich: »Mamaaaaaaaaaaaaaaaaa! Ich telefoniere gerade!!!!!!!!!!!!«
Meine Mutter: »Oh, entschuldige.«
Und legte wieder auf.

Zehn Minuten später.
Meine Mutter: »Amélie, mach jetzt Schluss! Ich muss telefonieren!«
Ich: »Ich war zuerst da!«
Meine Mutter: »Aber ich zahle die Rechnung!«

So ein blödes Argument. Dagegen kann ich ja gar nichts sagen.

Zielsetzung: Die Telefonrechnung selber zahlen, damit ich telefonieren kann, wann ich will.

Vermerk an mich selbst: Meine Mutter ist *ein kleines bisschen uncooler*, seit sie einen Freund hat.

Streng geheimes Geständnis: Ich hasse François Blais. Er tut immer so freundlich-lässig-großzügig-cool, aber ich bin sicher, dass er in Wahrheit der Teufel ist. In allen Superhelden-Filmen ist der Böse auch immer nett, intelligent und charismatisch, bis seine fiese Seite ans Licht kommt. Ich werde meiner Mutter schon zeigen, dass François Blais nicht der ist, für den sie ihn hält. Muahahaha! Oh nein! Wenn ich »Muahahaha« mache, bin ja ich die Böse! Ich nehme das »Muahahaha« zurück und ersetze es durch eine typische Superhelden-Melodie, die immer dann ertönt, wenn der Held das Geheimnis gelüftet hat (in meinem Fall also das Geheimnis, dass F. B. der Teufel ist).

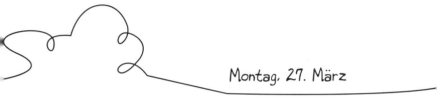

Montag, 27. März

Als ich in der Pause mit Kat über den Gang schlenderte, kam uns Monsieur Beaulieu entgegen. Er zwinkerte mir zu und sagte: »Weiter so!« Ich war direkt ein bisschen stolz. Sobald er außer Hörweite war, zeigte Kat mit dem Finger auf mich und flötete: »Streber, Streber!« Ich habe ihr von meiner Theorie erzählt, dass Monsieur Beaulieu in meine Mutter verknallt sei, aber sie meinte: »Du spinnst doch total!« Dann sang sie weiter: »Streber, Streber!«

Streng geheimer Vermerk an mich selbst: Ich finde, Kat ist fast schon ein bisschen *zu* gut drauf, seit sie weiß, dass sie einen Monat auf dem Reiterhof verbringen wird.

Mittwoch, 29. März

Es gibt nichts zu erzählen – ich bin ja auch nur am Lernen!
Außer vielleicht einer Kleinigkeit. Während ich lernte, spielte Sybil mit den Luftballons, die ich von Kats Party mitgebracht hatte. Sie sprang auf einen der Ballons und brachte ihn zum Platzen. Der Knall jagte ihr solch einen Schrecken ein, dass sich ihr Fell aufstellte. Sie machte einen Buckel, fauchte und flüchtete unter mein Bett. Ich habe mindestens eine halbe Stunde gelacht.

18:25

Ich habe versucht, das Telefonat meiner Mutter mit François Blais über den zweiten Hörer zu belauschen (natürlich nur, um meine Mutter zu beschützen). Aber sie hat es gemerkt und gesagt, ich solle auflegen. Grrr. Warum habe ich keine *echte* Superhelden-Ausrüstung für meine Mission?

19:45

Nicolas hat angerufen und wir haben eine Stunde lang telefoniert. Meine Mutter ist doch ganz in Ordnung. Als Nicolas' Nummer angezeigt wurde, hat sie extra für mich ihr Gespräch mit F. B. beendet. Nicolas möchte, dass ich seine Mutter kennenlerne. Aber da unser einziges Gespräch am Telefon so schlecht gelaufen ist (sie war echt saublöd, auch wenn ich das natürlich nicht zu Nicolas gesagt habe), habe ich gesagt, ich bräuchte noch etwas Zeit.

Er: »Komm schon! Ich habe doch auch mit deiner Mutter zu Abend gegessen.«

Ich: »Ja, das war ja auch schlimm genug!«

Er: »Für dich vielleicht. Ich fand es cool.«

Ich: »Ja klar, über dich hat auch niemand peinliche Geschichten ausgepackt.«

Er: »Meine kennst du ja schon, da gibt es nichts mehr zu hören!«

Ich: »Anscheinend habe ich bei solchen Abendessen einfach mehr Pech als du.«

Er: »Klopf auf Holz.«

Ich: »Wieso das denn?«

Er: »Weil es Pech bringt, wenn man von Pech spricht. Dadurch kannst du es abwehren.«

Dann hat er vorgeschlagen, ich könnte fürs Erste zum Essen zu seinem Vater und dessen Freundin Anne kommen. Er hat mir versichert, die beiden seien total cool und locker, und da ich ja jetzt auf Holz geklopft hätte (zählt auch rosa-graue Plastikverkleidung?), hätte ich nichts zu befürchten. Ich habe eingewilligt, in erster Linie, weil ich ihm nicht noch eine Bitte abschlagen konnte. Er will das Essen am Samstagabend organisieren, weil er Freitag arbeitet. Ich habe nur »Hm, o. k.« gemurmelt, weil mich der Gedanke daran etwas einschüchterte. Aber

205

Nicolas hat gesagt »Ich liebe dich«, und da habe ich all meine Bedenken vergessen.
(Titilititi.)

22:10
Ich kann nicht schlafen, weil ich immer noch über Sybil und den Ballon lachen muss.
HAHAHAHAHAHAHAHAHA! Das war echt witzig!

Freitag, 31. März

Lehrerfortbildung = schulfrei!
Ich habe in Erdkunde eine gute Note bekommen und meine Mutter hat versprochen, dass ich heute nicht lernen muss. (Komisch, ich fühle mich fast ein bisschen schuldig, als würde ein freier Tag all meine Anstrengungen wieder zunichtemachen.)

9:13
Eigentlich wollte ich frühestens um elf aufstehen, aber gegen mein Fenster prasselt eine Art Kieselsteinregen und ich kann nicht mehr schlafen. Da muss irgendwo eine Baustelle sein. Kaum kommt der Frühling, stehen

auch schon die Handwerker auf der Matte. Ich lege mir das Kissen über den Kopf, um den Lärm zu dämpfen.

9:15

Der Lärm hört nicht auf. Aaaaaaaaargh! Ich nehme das Kissen wieder vom Kopf und gehe ans Fenster. Mal sehen, welcher Bauarbeiter mir da meinen freien Tag verderben will.

Es ist Tommy, der Steinchen an mein Fenster wirft.

Ich öffne das Fenster.

Ich: »Was machst du da?«

Tommy: »Morgenstund hat Gold im Mund, Laf!«

Ich: »Du klingst wie ein Lehrer!«

Tommy: »Hast du heute auch frei?«

Ich: »Ja.«

Tommy: »Hast du Lust, bei MusiquePlus durchs Fenster zu gucken? Du weißt schon, da gibt's dieses große Besucherfenster, durch das man ins Studio gucken kann.«

Ich: »O. k. Ich frage Kat, ob sie mitkommt.«

Tommy: »Das Mädchen, das mich hasst?«

Ich: »Genau.«

Tommy: »O. k. … solange du mich nicht mit ihr alleinlässt.«

9:20

Ich rufe Kat an.

Ich: »Hast du Lust, bei MusiquePlus durchs Fenster zu gucken?«

Kat: »Nein! Das ist total albern! Und kindisch!«

Ich: »Ach was, das macht Spaß! Und Tommy …«

Kat: »Was, der Pferdehasser kommt auch mit?«

Ich: »Er ist kein Pferdehasser! Er will dich doch nur ärgern. Übrigens, Hasen findest du auch süß, aber du hast schon Hasenbraten gegessen!«

Kat: »Nicht, seit ich Vegetarierin bin!«

Ich: »Du bist keine Vegetarierin, du hast erst gestern in der Mensa Hot Dogs gegessen!«

Kat: »Aber *streng genommen* sind Hot Dogs kein richtiges Fleisch.«

11:15

Wir kommen zu Tommy. Er hört gerade ein Album von Linkin Park und versucht, die Akkorde auf seiner E-Gitarre nachzuspielen. Kat meint, das sei einfach nur Lärm. Aber mir gefällt's!

Kat flüstert mir ins Ohr, Tommy halte sich wohl für ganz toll. Ich verdrehe die Augen. Tommy schaltet den Verstärker aus, legt die Gitarre ab und schlägt vor, aufzubrechen.

11:45

In der Metro zicken Kat und Tommy sich unentwegt an. Ich glaube, um die beiden zu verkuppeln, werde ich viel Zeit, viel Energie und … einen Liebeszauber brauchen.

11:47

Hm … einen Liebeszauber. Ich glaube, das ist die Lösung!

11:51

Da ich absolut keine Ahnung und auch keine möglichen Zutaten bei mir habe, um einen Liebeszauber auszuführen, versuche ich die Stimmung zu heben, indem ich begeistert in ihr Gekeife rufe:

»Hey, wir gehen zu MusiquePlus! Juhuuu!!!«

Kat: »Juhuu!!!«

Tommy: »Geil!!!«

Na, dann mal los.

Mittags

Wir holen uns in einem Fast-Food-Restaurant was zu essen, bevor wir zu MusiquePlus gehen. Uuuuuh! Irgendwie wirklich aufregend!

13:12

Wir schauen durchs Fenster von MusiquePlus, aber es ist schwer zu erkennen, was im Studio passiert. Und viel passiert auch nicht. Eine Moderatorin kehrt uns den Rücken zu, vor ihr steht ein Kameramann und jede Menge Leute werkeln um sie herum, als wäre das nichts Besonderes. (Ich frage mich, wie sie sich mit all den Leuten um sie herum konzentrieren kann. Vielleicht kommt sie später zufällig raus, und ich kann sie bitten, mir ein paar Tipps für meine Referate zu geben.)

13:15

So langsam nervt es mich, durch dieses Fenster zu glotzen. Wir sind genau im Blickfeld der Kamera und müssen ziemlich blöd aussehen, wie wir so mit der Nase an der Scheibe kleben. Außerdem ist es langweilig.

13:16

Kat beobachtet aufmerksam, was passiert. Tommy tippt mir auf den Arm und sagt, dass er später mal Singer-Songwriter werden und seine eigenen Clips auf MusiquePlus zeigen will. Ich erwidere:

»Klar, wie der Rest der Welt auch!«

Tommy: »Ich kenne dich noch nicht lange, Laf, aber ich glaube, du bist so zynisch, um dich und deine Freunde vor Enttäuschungen zu bewahren.«

Ich: »Häh? Was soll das denn jetzt?!?«

Tommy: »Ich glaube, du hast gerade so ironisch geantwortet, um mich vor dem Scheitern meines Traums zu schützen. Aber weißt du was?«

Ich: »Äh … nein.«

Tommy: »Ich habe keine Angst zu versagen. Ich träume davon, dass eines Tages ein Clip von mir auf MusiquePlus läuft, aber wenn das nicht passiert, werde ich nicht weniger glücklich sein. Ich werde sogar froh sein, diesen Traum gehabt zu haben, weil er mich weitergebracht hat. Mein Vater liebt Musik, er hat nie Erfolg gehabt, aber er ist glücklich. Er hat mir beigebracht, keine Angst zu haben, dass etwas nicht klappt und man seine Ziele nicht erreicht. Wichtig ist nur, dass man welche hat. Und dass man sich nicht entmutigen lässt. Niederlagen einstecken, Enttäuschungen kassieren … das gehört zum Leben. Man muss sein Glück versuchen.«

Ich: »Das ist echt schön, was du da sagst.«

Ich bin ganz gerührt von seinen Worten. Ich sehe ihn an. Er sieht mich an. Und auf einmal, einfach so, küsst er mich. Ich schubse ihn weg und kreische:

»He!!! Was soll das?!?!!!! Was machst du da?!?!!!!!«

Kat, die nichts mitbekommen hat, weil sie so in die Vorgänge im Studio vertieft war, dreht sich um und fragt:

»Was hat er denn jetzt schon wieder gemacht?«

Ich: »Er hat mich geküsst!!!!!«

Kat verpasst ihm einen Schubs mit dem Rucksack.

Tommy: »Es tut mir leid, es tut mir leid! Ich habe gedacht, dass …«

Kat: »Du hast gar nichts gedacht, weil du einfach nur bescheuert bist!«

Kat nimmt mich bei der Hand und wir rennen zur Metro. Auf dem Weg scanne ich schnell alle Schaufenster mit den Augen, ob da nicht irgendwo ein Laden für Liebeszauber ist. Das dürfte das Einzige sein, was mir jetzt helfen kann.

April

Voll weggehauen!

Samstag, 1. April

Mit ein bisschen Glück hat die Moderatorin sich genau in dem Moment versprochen, in dem Tommy mich geküsst hat, und MusiquePlus wird diesen Ausschnitt nicht senden.

7:15

Vielleicht hat der Kameramann uns auch gar nicht gefilmt. Vielleicht hatte er eine künstlerische Eingebung und hat irgendwas anderes gefilmt, während die Moderatorin redete, weil er das für originell hielt.

8:20

Ich könnte einfach bei MusiquePlus anrufen und sie bitten, die Sendung nicht auszustrahlen. Wenn ich ihnen die Lage erkläre, werden sie das verstehen.

8:25

Wenn ich Nicolas die Lage erkläre, wird er es vielleicht ebenfalls verstehen. Schließlich habe nicht *ich* Tommy geküsst, sondern *er* mich. Und ich habe ihn eindeutig weggeschubst, das müsste man auf dem Video ja auch sehen. Damit wären meine Ehre und meine Glaubwürdigkeit gerettet.

8:30

Vielleicht ist es doch besser, bei MusiquePlus anzurufen. Ich könnte ihnen Geld geben, damit sie die Sendung von gestern nicht ausstrahlen.

Mein (hypothetisches) Gespräch mit der Hotline:

»Hallo, ist da MusiquePlus? Ja, also, ich heiße Amélie Laflamme und ich stand gestern bei Ihnen vorm Besucherfenster, und während die Moderatorin die nächsten Clips angekündigt hat, hat mein Nachbar mich gegen meinen Willen geküsst, und ich wäre Ihnen sehr dankbar, wenn Sie diese Stelle nicht senden würden. Ich zahle Ihnen meine gesamten Ersparnisse im Wert von 37,49 Dollar.«

Ganz klar: Spätestens nach drei Sekunden würden sie auflegen.

8:35

Ich muss einfach nur alle, die ich kenne, den ganzen Tag ins Kino einladen, dann kann niemand auf MusiquePlus die Wiederholung von gestern gucken.

8:36

Falls Nicolas die Sendung nicht gestern schon live gesehen hat. Ach nein, er musste arbeiten. Uff.

8:37

Wann läuft denn die Wiederholung?

8:40

Nein! Wenn mich mein Doppelleben der letzten Wochen eins gelehrt hat, dann dass die Wahrheit am wenigsten Schaden anrichtet. Ich muss Nicolas einfach nur sagen, was passiert ist, und er wird darüber lachen. Und falls er meint, er müsse Tommy deswegen eine reinhauen, werde ich sagen, dass Gewalt keine Lösung ist usw., usw. Ich werde ganz weise und besonnen sein. Die Wahrheit ist immer die beste Option.

8:45

Ich kann es ihm ja *im Kino* sagen. Dann weiß er zwar *alles*, sieht aber *nichts*. Super Plan.

9:00

Am Telefon.

Ich: »Hallo, Nicolas?«

Nicolas: »Ja?«

Ich: »Ich bin's, Amélie.«

Nicolas: »Das höre ich. Du bist aber früh auf.«

Ich: »Ja, ich bin … voll in Form!« (Die Wahrheit: Ich habe die ganze Nacht kein Auge zugetan.) »Ich wollte fragen, ob wir im Kino einen Film gucken wollen … oder auch gleich zwei, oder drei?«

Nicolas: »Willst du doch nicht zum Essen zu meinem Vater und seiner Freundin kommen?«

Ich: »Ah. Nein. Äh, nein im Sinne von, das meinte ich nicht. Doch, na klar, ich will zum Essen kommen. Haha.«

Nicolas: »Ist alles in Ordnung?«

Ich: »Ja! Ich bin Feuer und Flamme! Also, ich meine nicht, dass es hier brennt, sondern dass ich mich auf das Essen freue!«

Nicolas: »Bist du sicher, dass alles in Ordnung ist?«

Ich: »S.U.P.E.R. Aber hör mal, ich muss dringend mit dir reden ...«

Nicolas: »Willst du schon etwas früher kommen?«

Ich: »O.k. Jetzt sofort?«

Nicolas: »Nicht jetzt sofort. Ich muss noch Hausaufgaben machen. Aber so gegen vier?«

Ich: »O.k. Aber ... schau bloß nicht MusiquePlus, während du Hausaufgaben machst, ja? Das ist nicht gut für die Konzentration.«

Nicolas: »Öh ... o.k. Danke für den Hinweis.«

15:56

Ich komme zu Nicolas. Mir doch egal, dass ich vier Minuten zu früh bin. Die werde ich brauchen.

16:15

Max kommt pausenlos ins Zimmer und nervt. Einmal hat er gesagt, die Stimmung sei echt lahm, und den Fernseher eingeschaltet. Ich bin aufgesprungen, habe ihn wieder ausgemacht und gesagt, in unserer Gesellschaft werde viel zu viel ferngesehen. (Ich hätte gerne hinzugefügt, er selbst sei der beste Beweis, aber ich hab's mir verkniffen.)

16:30

Max ist immer noch da (so was Blödes!). Ich hocke brütend auf dem Sofa und mir kommt vermutlich Rauch aus den Ohren. Ich will Nicolas endlich sagen, was ich ihm zu sagen habe, aber nicht vor seinem Bruder. 1) ist das zu privat, und 2) bringt er garantiert einen blöden Spruch.

17:00

Scheiße! Nicolas' Vater und seine Freundin sind zurück. Ich habe keine Sekunde mehr allein mit Nicolas. Sie stellen mir eine Million Fragen pro Minute. Anne, die Freundin von Yves, hat sogar gesagt: »Achtung! Jetzt wirst du gegrillt!« Erst war ich ziemlich geschockt, weil ich dachte, sie wären Kannibalen, bis ich verstand, der Ausdruck sollte sagen, dass sie mir viele Fragen stellen würden.

18:15

Ich sitze am Tisch mit Yves (Nicolas' Vater), Anne (seiner Freundin) und Max (Nicolas' blödem Bruder). Es gibt Pizza. Aber edle Pizza. Mit ganz dünnem Boden und besonderen Zutaten wie getrockneten Tomaten und Basilikum. Ich habe noch nie bei den Eltern meines Freundes Pizza gegessen. Klar, ich hatte ja auch noch nie einen Freund.

18:20

Ich nehme ein Stück Pizza in die Hand, aber dann merke ich, dass alle mit Messer und Gabel essen. Also lege ich das Stück zurück auf den Teller und versuche ebenfalls, es kleinzuschneiden. Ziemlich schwierig, weil die Kruste so hart ist. Als ich die Kruste endlich durchhabe, spieße ich das Stück mit der Gabel auf, aber ich rutsche ab und mein Stück Pizza landet geradewegs auf dem Teller von Nicolas' Vater. Der lacht und sagt:

»Wenn du keinen Hunger hast, musst du es einfach nur sagen.«

18:21

Max: »He, Amélie?«

Ich: »Ja?«

Max: »Du kannst deine Reste in den Müll schmeißen, du musst nicht den Teller meines Vaters nehmen. Haha, voll weggehauen!«

Yves: »Max, lass das.«

Max: »Ist doch nur Spaß!«

Nicolas: »Es nervt.«

Max: »Du bist doch nicht böse, Amélie, oder?«

18:31

Anne: »Also, Amélie, jetzt sag mal, wie lieb hast du Nicolas?«

Nicolas: »Anne, also echt! Lass sie in Ruhe.«

Max: »Ja, echt!«

Yves: »Nein, mich interessiert das auch. Lasst sie antworten.«

Warum müssen Erwachsene immer so superpeinliche Fragen stellen? Es müsste ein Gesetz geben, dass Tests nur in der Schule stattfinden dürfen. Aber da es ja nun mal sein muss, antworte ich spontan:

»Ich liebe ihn M. A. D. W.!«

Yves: »Wie bitte?«

Ich: »Ähm … *mehr als alles auf der Welt*. Also, nicht, dass ich mich nur noch für ihn interessiere. Ich bin nicht so eine anhängliche Tussi, deren Leben sich nur noch um ihren Freund dreht. Es ist wichtig, auch andere Freunde zu haben. Auch wenn die manchmal Fehler machen und man sie am liebsten umbringen will. Äh … das war jetzt nur so gesagt. Ich will natürlich niemanden umbringen. Ich kann keiner Fliege was zuleide tun. Ich wollte nur sagen, dass ich Nicolas sehr lieb habe. Keine Angst, ich bin gegen Gewalt. Also, wie gesagt, ich hab Nicolas sehr lieb, ganz ohne Gewalt, und ich liebe auch noch viele andere Menschen, zum Beispiel meine Mutter, meine Katze und meine Freunde. Aber er ist der Einzige, den ich auf diese Weise liebe. Na ja, aber die Frage ist ja, lässt sich Liebe wirklich *messen*?«

Ich fühle eine Schweißperle auf der Stirn. Aller Augen sind auf mich gerichtet.

Max: »HAHAHAHAHAHAHAHAHAHA!«

Ich (in Gedanken): »Gleich wache ich auf, gleich wache ich auf, gleich wache ich auf.«

Nicolas nimmt unterm Tisch meine Hand. Ich habe das Gefühl, dass mir gleich das Herz aus der Brust springt.

Nicht wegen Nicolas, sondern weil gerade alles schief-
läuft.

19:30

Wir sitzen bei Nicolas im Keller auf dem Sofa. Max hockt
ein Stück weiter auf einem Sessel. Nicolas sagt:
»Ganz schön stressig, das erste offizielle Treffen mit den
Eltern, was?«
Ich: »Mmh ja …«
Nicolas: »Wie war das … du liebst mich … M. A. D. W.?«
Ich: »Das ist nur mein persönlicher Ausdruck.«
Nicolas: »War es das, was du mir sagen wolltest?«
Ich: »Ähm, eigentlich …«
Nicolas: »Ich liebe dich auch M. A. D. W.«

Also macht mein Gehirn mal wieder unkontrollierbar
»titilititi«, und weil ich so hin und weg von Nicolas'
Weichspülerduft bin, lasse ich mich von der Lust verfüh-
ren, ihn zu küssen, und deshalb entgeht mir, dass Max
den Fernseher anstellt und beim Zappen auf Musique-
Plus landet.
Max: »He! Die im Fernsehen sieht ja aus wie du, Amé-
lie!«
Nicolas: »Stimmt!!! Das bist du, da am Fenster! Mit Kat!
Und der Typ neben dir, ist das dein Nachbar?«
Ich: »Was?!? Oh Gott … macht das weg! Ich will mich
nicht im Fernsehen sehen! Voll peinlich!«
Nicolas: »Nein, ich will das sehen, ist ja voll witzig.«
Während ich über Nicolas klettere, um Max die Fernbe-

dienung wegzunehmen, sieht man deutlich, wie Tommy und ich uns (im Hintergrund) unterhalten, Tommy etwas sagt und ich ihn intensiv ansehe (dabei habe ich nur aufmerksam zugehört, reine Höflichkeit). Während wir uns küssen (scheinbar endlos, dabei hat der Moment in Realität nur den Bruchteil einer Sekunde gedauert!), richtet der Kameramann (so ein blöder ♣💩☹) seine Kamera an die Studiodecke und wir sehen nichts von dem entscheidenden Moment, in dem ich Tommy heftig wegschubse und Kat ihn anschreit, mich bei der Hand nimmt und wir abhauen.

All das hat Nicolas *nicht* gesehen.

Vermerk an mich selbst: Auf Holz zu klopfen ist ein lächerlicher Aberglaube, der absolut NICHTS bringt. Oder Plastikbeschichtung zählt wirklich nicht als Holz.

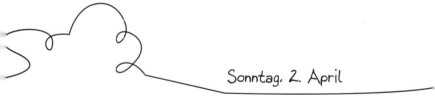

Sonntag, 2. April

Oh Mann! Auch das noch! Ich glaube, meine Mutter versteht unsere Sprache nicht mehr. Ich liege im Bett, ein altes Kuscheltier im Arm, Sybil zu meinen Füßen und die Decke überm Kopf (wie jeder in meiner Lage, der nicht auch noch seine unheilvollen Möbel sehen will). Ich hatte meiner Mutter klar und deutlich gesagt, falls Tommy anruft oder rüberkommt, solle sie ihn wie Luft behandeln. Ich wolle ihn nicht sehen und das sei mir ernst. Plötzlich klopft meine Mutter und sagt:

»Hier ist jemand, der mit dir reden möchte.«

In der Tür steht Tommy, seine Gitarre auf dem Rücken. Wenn meine Mutter mir das nächste Mal wegen meiner Noten Stress macht, kann ich ihr nur sagen, dass Verständnisschwierigkeiten OFFENBAR ERBLICH SIND! Bevor sie ihn einfach so in MEIN Zimmer lässt, flüstert sie mir zu:

»Er scheint sich wirklich schlecht zu fühlen.«

Ich werfe ihr einen bösen Blick zu und stecke den Kopf wieder unter die Decke, um Tommy nicht sehen zu müssen.

Tommy: »Laf ... Amélie, es tut mir leid ... Ich denke immer erst, wenn es bereits zu spät ist. Als ich dich das erste Mal gesehen habe, habe ich mich total in dich verknallt. Ich finde dich total süß. Ich dachte, du hättest das mit dem Freund nur gesagt, um mein Interesse zu wecken.«

Ich: »Oh Mann, das würde sogar zu mir passen.«

Tommy: »Wir wohnen nebeneinander und ich will keinen Streit. Ich will einfach dein Freund sein.«

Ich: »Zu spät, wir haben bereits Streit.«

Tommy: »Ja, aber ich will mich wirklich entschuldigen. Ich verspreche, dass ich nie wieder versuchen werde dich zu küssen.«

Ich: »Nicolas und ich, *wir* haben Streit. Mein ›nicht er-
fundener‹ Freund und ich.«

Tommy: »Wegen mir? Oh nein! Ich rede mit ihm, wenn
du willst.«

Ich: »Nein … ich habe versucht, es ihm zu erklären. Aber
er meint, dass … Weißt du, ich glaube, du hast recht. Ich
tue mich schwer damit, Gefühle zuzulassen. Aber ich
dachte, mit ihm …«

Tommy: »Ich will es wirklich wiedergutmachen.«

Ich: »Das kannst du nicht. Ist schon gut.«

Tommy: »Ich würde wirklich gerne etwas für dich tun.«

Ich: »Hm … o. k. Dann sag Kat, dass du kein Pferdefleisch mehr isst, und halt dich auch dran.«

Tommy: »Ich dachte jetzt eher an irgendeine Sklavenar-
beit oder ein Lied für dich zu singen. Weißt du … Pferdefleisch ist echt lecker.«

Ich: »Das oder nichts.«

Tommy: »O. k., ich esse kein Pferdefleisch mehr.«

Ich: »Und du entschuldigst dich bei Kat.«

Tommy: »Und ich entschuldige mich bei Kat. Und bei
dir … entschuldige ich mich auch. Ehrlich.«

15:03

Ich sitze im Bett, immer noch mit meinem Kuscheltier
im Arm. Ich bin immer noch im Schlafanzug und meine
Haare sind strubbelig. Tommy sitzt am Fußende des
Betts und bewegt Sybils Pfoten, als würde sie Hip-Hop
tanzen. Das sieht echt lustig aus, weil es Sybil gar nicht
zu gefallen scheint, und ich muss lachen. Da klopft meine

Mutter wieder an die Tür, öffnet und sagt mit total betretener Miene:

»Hier ist noch jemand für dich.«

Und Nicolas kommt rein, während ich gerade mit Tommy lache. Die Spannung im Zimmer könnte man mit dem Messer schneiden. Es ist unerträglich! Ich fühle mich, als hätte mich eine Kanonenkugel durchschossen.

Gestern, 20:10

Nachdem er sich im Fernseher anschauen musste, wie Tommy und ich uns küssten, war Nicolas sprachlos. Sein Bruder lachte und machte dumme Sprüche. Ich wiederholte die ganze Zeit: »Nicolas, das wollte ich dir schon die ganze Zeit sagen, aber ich hatte keine Gelegenheit dazu ...« Ich beharrte darauf, dass ich Tommy weggeschubst habe und so weiter, aber er sagte, ich solle jetzt gehen, er müsse nachdenken. Während ich meine Jacke anzog, machte Max seine ›Voll-weggehauen-Geste‹. Ich sagte schneidend:

»Sag mal, Max, wie oft hast du *Cool Waves* schon gesehen?«

Max: »Keine Ahnung. Fünfzigmal oder so.«

Ich: »Kapierst du den Film nicht, oder was?«

Unnötig zu sagen, dass ich ihn ›voll weggehauen‹ hatte. Sein blödes arrogantes Lächeln war verschwunden. Keine Ahnung warum, aber gegenüber den Fans dieses beknackten Films gelingt es mir, schlagfertig zu sein.

Zumindest, wenn ich wütend bin. Oder ist der Fluch der um fünf Stunden verspäteten Antworten endlich gebrochen?

Zurück zu heute, 15:04

Dank meiner Mutter ist jetzt Tommy bei mir im Zimmer und albert mit mir rum, als Nicolas kommt, der mir vermutlich sagen wollte, dass er mich liebt, dass es ihm leidtut und dass er überreagiert hat. Nicolas sieht Tommy an, Tommy sieht mich an, und ich sehe Nicolas an. Tommy steht auf und sagt:

»Ich bin gekommen, um mich zu entschuldigen, Alter. Deine Freundin will nichts von mir wissen. Sie liebt nur dich.«

Nicolas sagt nichts.

Da er immer noch Tommy anstarrt, nutze ich die Gelegenheit, mir mit den Fingern notdürftig die Haare zu kämmen.

Tommy sagt: »Mach's gut, Laf.« Und verlässt mein Zimmer.

Nicolas: *»Laf?«*

Ich höre mit dem Kämmen auf, bevor er zu mir rüberschaut.

Ich: »Ein … Spitzname.«

Nicolas: »Aha.«

Ich: »Ich schwöre dir, ich habe ihn weggeschubst.«

Nicolas: »Bist du jetzt nicht sauer auf ihn?«

Ich: »Doch … aber er hat sich entschuldigt.«

15:49

Nach einer laaaaaaaaaaaaaaaangen Erklärung hat Nicolas gesagt, er wäre blöd, mir nicht zu verzeihen, wenn ich es geschafft hätte, jemandem zu verzeihen, der mich gegen meinen Willen geküsst hat. Puh. Trotzdem ist er mit traurigem Gesicht gegangen und ich bin nicht so froh und kribbelig wie sonst nach unseren Treffen. Es ist, als wäre etwas kaputtgegangen. Ich fühle mich schlecht.

15:52

Und ich weiß auch, wer an all dem schuld ist: MEINE MUTTER! Ich hatte ihr gesagt, dass ich Tommy nicht sehen will, und sie hat ihn trotzdem reingelassen. Und dann ist Nicolas gekommen, so wie ich gehofft hatte, aber weil Tommy da war, ist alles nur noch schlimmer geworden! Meine Mutter hat sich eine Million Mal entschuldigt und hoch und heilig versprochen, sich nie wieder in meine Angelegenheiten zu mischen. (Ich habe überprüft, ob sie auch nicht die Finger im Rücken kreuzt.)

16:00

Ich war in meinem Zimmer und habe gelernt (besser gesagt, einen hinterm Mathebuch getarnten Manga gelesen), als meine Mutter kam und fragte, ob sie mir bei den Hausaufgaben helfen solle. Ich habe verneint (Mangas schaffe ich noch allein), und sie ist wieder gegangen. Dann ist sie noch mal gekommen und hat gesagt, ich solle mich endlich anziehen. Ich habe erwidert, da ich sowieso schon den ganzen Tag im Schlafanzug verbracht habe, würde es sich jetzt auch nicht mehr lohnen, weil ich mich in ein paar Stunden sowieso schon wieder umziehen müsste. Sie hat auf mein Mathebuch gezeigt und gesagt: »Macht dich das Mathelernen so logisch?« Ich habe nur gegrinst.

Montag, 3. April

Ich bin total gestresst. Ich glaube, das liegt an den Vögeln. Seit der Frühling kommt, wecken sie mich jeden Morgen mit ihrem supernervigen Gezwitscher. Ich glaube, auf diesem Planeten gibt es Vögel ausschließlich zu dem Zweck, mich zu nerven! Keine Ahnung, warum manche Leute Vögel schön finden. Ich finde Vögel ekelhaft. Morgens reißen sie mich aus dem Schlaf, und wenn ich über die Straße gehe, kacken sie mir auf den Kopf. Brauchen Vögel keinen Flugschein, oder was? Ich hasse Vögel! Sie vermiesen mir jeden Morgen, jeden Spaziergang und mein Leben im Allgemeinen!

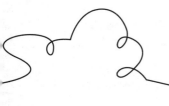

Dienstag, 4. April

Alle in der Schule haben mich auf MusiquePlus gesehen. Nadine und Marilou fanden meinen Auftritt »supercool«, aber »ein bisschen mies für meinen Freund«. Andere Mädchen haben das Gerücht gehört, dass ich jetzt Moderatorin bei MusiquePlus bin (statt einer blöden Tussi, die durchs Fenster glotzt und sich aus Versehen küssen lässt). Die Mädchen aus der Zwölften haben mich sogar um ein Autogramm gebeten, weil sie dachten, ich spiele bei einer Realityshow mit. Als das kam, habe ich Kat verzweifelt angeschaut, und die hat die Schultern gezuckt, nach dem Motto: »Dann unterschreib halt, damit wir die los sind.« Fernsehen ist echt ein faszinierendes Medium. Sobald man dort irgendeinen Schwachsinn macht, ist man berühmt. Ich finde das bescheuert. Und doof. Und blöd. Wenn ich könnte, würde ich die Zeit zurückdrehen und alles ungeschehen machen!

Mittwoch, 5. April

Heute haben sich die Kaugummikauer verschworen, mir das Leben zu vermiesen! Vor allem Kaugummikauer, die ihren Kaugummi auf die Straße spucken! 1) Ist das nicht biologisch abbaubar, und 2) IST AUF KAUGUMMI TRETEN DAS SCHLIMMSTE, WAS EINEM PASSIEREN KANN! (O.k., letztlich ist alles relativ, schon klar …) Heute bin ich in einen Kaugummi getreten und habe ihn DEN GANZEN TAG nicht mehr von der Sohle abgekriegt! Mein linker Schuh hat bei jedem Schritt leicht am Boden geklebt, woraufhin ich auf nichts anderes mehr achten konnte, was mich total gestresst hat. Das kann einen in den Wahnsinn treiben.

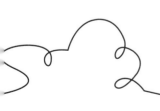

Donnerstag, 6. April

François Blais, der neue Freund meiner Mutter, geht mir echt auf den Keks! Er hat überhaupt kein Gespür für Höflichkeit! Ich rede François Blais mit »Monsieur Blais« an und sage »Sie«, wie jede wohlerzogene Person, aber er fordert mich die ganze Zeit auf, ihn »François« zu nennen und zu duzen. Das hat er schon mindestens eine Million Mal gesagt. Seine Wissenslücken in puncto Höflichkeit machen ihn bei mir auch nicht beliebter! Die Folge ist, dass ich ihn nur noch mehr auf Distanz halte und ein für alle Mal beweisen will, dass er – unter seiner perfekten Maske – ein Bösewicht ist, wie er im Manga steht!

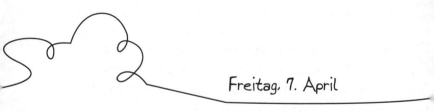

Freitag, 7. April

Kat meint, ich wäre wegen Nicolas so gestresst und nicht wegen der Vögel, meiner neuen Fernseh-Berühmtheit, der Kaugummis und François Blais. Ich finde, sie versteht nichts von Psychologie und sollte ihre Ansichten lieber für sich behalten. Pfff! Als würde ich mich wegen Nicolas stressen, der mir die Sache längst vergeben hat. Und mich seither nicht mehr angerufen hat. Aber nur, weil er sehr *beschäftigt* ist. Schließlich muss er die Schule und seinen Job in der Zoohandlung unter einen Hut bringen. Es ist doch nicht seine Schuld, dass eine Golden-Retriever-Dame Welpen bekommen hat und er ein paar Überstunden machen muss! (Meine persönliche Vermutung.) Ich habe Kat gesagt, sie müsse Teilzeitberufstätigen mehr Verständnis entgegenbringen.

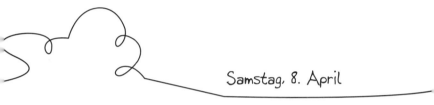

Samstag, 8. April

Mein Herz ist gebrochen. Wenn ich laufe, klingelt es kling kling wie Kleingeld in der Hosentasche. Es macht nur nicht kling kling, sondern krack krack, ping peng. Das fing an, als Nicolas mich zu einem Spaziergang in den Park einlud. Ich war total glücklich (gestresst) und dachte, ich hätte mir grundlos (aus gutem Grund) Sorgen gemacht und (denn) unsere Beziehung sei bombensicher (bröckelig wie alter Putz) trotz (wegen) der Geschichte bei MusiquePlus.

14:07 bis 14:39
Nicolas hat jede Menge unzusammenhängender Sätze gesagt. Er redete schnell. Er sagte, Raphael habe ihn die ganze Woche lang »weggehauen«, weil seine Freundin im Fernsehen einen anderen geküsst hat.

ICH HASSE *COOL WAVES*! (Obwohl ich bei dem Film echt viel lachen musste, vor allem an der Stelle, wo er die Fresse poliert bekommt. Hahahaha! Ups. Konzentration.)

14:39

Ich: »Ja, aber es war nur ein U-n-f-a-l-l!

Nicolas: »Ich weiß ...«

Ich: »Tommy hat sich echt blöd verhalten, aber er hat geschworen, es nicht wieder zu tun!«

Nicolas: »Tommy ...«

Ich: »Tommy ist nur ein Kumpel. Nicht mal das, nur ein Nachbar!«

Nicolas: »Wie würdest du dich fühlen, wenn ich weiter mit einem Mädchen befreundet wäre, das mich gegen meinen Willen geküsst hat?«

Ich: »Also echt, du kannst dich doch wohl verteidigen!«

Nicolas: »Fändest du das nicht komisch?«

Ich: »Dazu könnte es gar nicht kommen! Du bist doch stärker als sie! Wer will dich küssen? Wenn ich die sehe, werde ich ihr ...«

Nicolas: »Siehst du!«

Ich: »Hm ... Wenn dir das passieren würde, weil du gerade schwach bist ... wenn sich zum Beispiel rausstellt, dass du Diabetes hast und in einem Moment, in dem dein Blutzuckerspiegel im Keller ist und du dich nicht wehren kannst und zitterst und dir Sabber aus dem Mund läuft, also, wenn dich in dem Moment ein Mädchen einfach so küssen würde ... dann würde ich dieses Mädchen echt bescheuert finden, dass sie dir nicht schnell Traubenzucker gegeben hat! Aber ich würde verstehen, dass du nichts dagegen tun konntest.«

Nicolas (lacht, gutes Zeichen): »Amélie … du bist super. Ich liebe dich, aber …«

Ich: »Kein ›aber‹! Bitte, kein ›aber‹.«

Nicolas: »Aber ich kann dich nicht davon abhalten, dich weiter mit Tommy zu treffen. Das wäre blöd … Genauso blöd wäre, wie wenn du mich davon abhalten wolltest, weiter mit dem Mädchen befreundet zu sein, das mich küsst, während ich unterzuckert bin … wenn ich jemals Diabetes kriege.«

Ich: »Hm.«

Nicolas: »Aber … außerdem war das im Fernsehen. Alle haben dich gesehen.«

Ich: »Und wenn es nun nicht im Fernsehen gewesen wäre …«

Er: »Hättest du es mir gesagt?«

Ich: »Auf jeden Fall! Ich habe einen ganzen Monat lang meine beste Freundin angelogen und ich habe beschlossen, dass Lügen nichts für mich ist!«

Nicolas: »Du wirst mir echt fehlen … Du bist das allercoolste Mädchen, das ich kenne …«

Ich: »Verreist du?«

Nicolas: »Nein, aber ich kann nicht … so weitermachen. Mit dir.«

Ich: »Ist es, weil ich neulich deinen Bruder beleidigt habe? Ich kann mich bei ihm entschuldigen …«

Nicolas: »Nein! He, deine Bemerkung hat ihm übrigens so die Sprache verschlagen, dass er niemanden mehr

›weghaut‹. Gestern war Raphael bei uns und wollte mit meinem Bruder eine Runde ›weghauen‹, aber Max wollte nicht.«

Ich: »Ach ja?«

Nicolas: »Ich weiß, dass es mir sehr schwerfallen wird, aber ...«

Ich: »Dass er niemanden mehr ›weghaut‹?«

Nicolas: »Nein ... dich nicht mehr zu sehen. Das wird mir schwerfallen ...«

Ich: »Du kannst sofort wieder damit aufhören. Dir wird es schwerfallen, mir wird es schwerfallen, also können wir uns genauso gut weiterhin sehen, und niemandem wird es schwerfallen.«

Nicolas: »Diese Sache war echt zu viel für mich. Mit Tommy. Ich habe die ganze Woche darüber nachgedacht und ...«

Ich: »Du hast die ganze Woche darüber nachgedacht? Aber warum hast du mich nicht angerufen? Wir hätten darüber reden können!«

Nicolas: »Amélie, ich ... kann das einfach nicht.«

Ich sah Nicolas an und wusste nicht, was ich sagen sollte. Ich roch seinen guten Weichspülerduft, versuchte, eine große Nase voll zu nehmen, und sagte mir, so fühle er sich eben im Augenblick, aber morgen sähe das wieder anders aus. Als ich gerade etwas erwidern wollte, lief mir etwas Weiches, Klebriges über die Wange. Ich hob meine Hand, um zu sehen, was das war, und bäääääääääääh! Es war Vogelkacke!

236

ICH HASSE VÖGEL! VÖGEL SIND EINFACH BE-
SCHEUERT! UND SIE HABEN ABSOLUT KEI-
NEN ANSTAND, WAS IHRE VERDAUUNG AN-
GEHT!

Nicolas hat gesagt:
»Warte, ich habe ein Taschentuch.«
Er ist so ein Gentleman, dass er mich nicht ausgelacht hat, was ich an seiner Stelle mit Sicherheit getan hätte. Aber Nicolas ist nicht so. Er ist super. Er ist cool. Er ist … alle guten Eigenschaften der Welt!
Bis auf die Tatsache, dass er Schluss gemacht hat.
Ich bin weggerannt, bevor er meine Tränen sehen konnte.

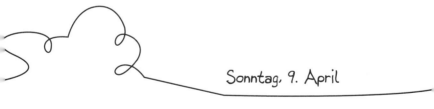

Sonntag, 9. April

Ich weiß zwar, wie ich einer Freundin bei Liebeskummer helfe, aber ich habe keine Ahnung, wie ich mir selbst helfen soll. Ich habe alle alten Ausgaben der *Miss* durchsucht, aber nichts gefunden. Vielleicht sollte ich denen mal vorschlagen, einen Artikel darüber zu machen?

Mein (hypothetisches) Gespräch mit der Chefredakteurin der *Miss*:

»Hallo, ich heiße Amélie Laflamme, ich bin vierzehn Jahre alt, bald fünfzehn, und ich habe Liebeskummer und leider hatte ich Ihre Zeitung noch nicht im Abo, als Sie darüber zuletzt einen Beitrag gebracht haben. Könnten Sie bitte einen Artikel zu dem Thema schreiben, den könnte ich nämlich wirklich gut gebrauchen. Ich zahle Ihnen gerne meine gesamten Ersparnisse in Höhe von 29,35 Dollar. Ich hatte mal etwas mehr, aber diese Woche musste ich mir in der Mensa zwei Schoko-Muffins kaufen. Ich glaube, ich habe so einen Schokoladen-Hunger, weil bald Ostern ist. Sie könnten übrigens auch mal einen Artikel darüber bringen, warum der Verzehr von Schokolade in Stresssituationen ansteigt.«

An welcher Stelle würde sie wohl auflegen? Bei »Hallo«?

10:16

Ich habe mir den Artikel »Wie hilft man einer Freundin mit Liebeskummer?« noch einmal durchgelesen. Na, wenigstens weiß ich, dass ich fünf Etappen vor mir habe, bevor ich über Nicolas weg bin: Verweigerung, Wut, Schuld, Trauer, Akzeptanz. Es lebe die *Miss*. Hurra. (Es mangelt mir an echter Begeisterung, weil ich solche Erfahrungen lieber *nicht* machen würde.)

11:32

Kat kann nicht glauben, dass Nicolas mit mir Schluss gemacht hat. Sie hat mir angeboten, ihm die Fresse zu polieren. Ich habe der Form halber kurz darüber nachgedacht, aber mit Gewalt erreicht man gar nichts (außer mit Gewalt gegen Kissen, auf die ich seit 20 Minuten wild einschlage).

11:35

Ich habe Kat gesagt, das Schlimmste an der ganzen Sache sei gar nicht, dass Nicolas Schluss gemacht hat, sondern dass er es genau in dem Moment tat, als mir ein Vogel auf den Kopf geschissen hat. Ich finde den Gedanken unerträglich, dass die letzte Erinnerung, die Nicolas an mich hat, was mit Kacke zu tun hat!

Mittags

Kat zählt auf, welche Tricks ihr dabei geholfen haben, ihren Liebeskummer wegen Ham zu überstehen. So, wie sie seinen Namen sagt, habe ich den Eindruck, dass sie ihren Liebeskummer absolut noch nicht überstanden hat. Mir schwant, dass es lange dauern wird, bis ich über Nicolas hinweg bin (der ja tausendmal cooler ist als Ham).

13:11

Kat kommt mit einem Beutel Jelly Beans vom Kiosk zurück, weil es kein Maoam mehr gab.

Ich glaube, mein Leben kann nicht mehr schlimmer werden.

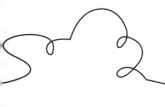

Montag, 10. April

Die Schule ist kein Ort, an dem man seinen Gefühlen freien Lauf lassen kann. Ich muss meine Noten verbessern. Ich bin ein Soldat! Pauken! Trompeten! Kriegsfanfaren! Niemand wird erfahren, wie sehr ich innerlich leide! Ich werde die besten Noten bekommen. Ich werde meine Tränen herunterschlucken und lernen. Kein Gefühl wird nach außen dringen. Man wird mich als Kriegsheldin feiern!

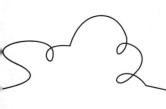

Dienstag, 11. April

Monsieur Giroux hat uns in Erdkunde einen Überraschungstest schreiben lassen. Ich hab's verhauen. Der Grund: Ich konnte mich nicht konzentrieren, weil ich die ganze Zeit daran denken musste, dass mir auf dem letzten Bild, das Nicolas von mir hat, klebrige Vogelkacke übers Gesicht läuft. Total eklig! Aber ich denke nicht weiter drüber nach. Ich bin ein Soldat! Beim nächsten Test werde ich mich beherrschen. Kompanie Ab-marsch! Tätärätätä! Ich schieße auf meine Gefühle, um sie zu vernichten. Tätärätätäää!

Mittwoch, 12. April

Google ist echt bescheuert! Ich habe »Wie überstehe ich meinen Liebeskummer wegen Nicolas Dubuc« eingegeben.
Die Antwort lautete:
Meinten Sie: »Wie überstehe ich einen Liebeskummer wegen Nicolas Dubuc«?
Aber es gab keine Möglichkeit, »ja« anzuklicken. Ich habe trotzdem mal auf den Vorschlag geklickt, und heraus kamen jede Menge Seiten, die absolut nichts mit Liebeskummer wegen Nicolas Dubuc zu tun hatten.

Als Nächstes habe ich eingegeben:
»Wie ändere ich das Bild, das mein Ex von mir hat, weil mir ein Vogel auf den Kopf geschissen hat, während er mit mir Schluss machte«. Die Antwort lautete:
Kein Ergebnis für »Wie ändere ich das Bild, das mein Ex von

*mir hat, weil mir ein Vogel auf den Kopf geschissen hat,
während er mit mir Schluss machte« gefunden.*

Ich glaube, Google wird echt überbewertet!

16:43

Kat sagt, ich solle endlich aufhören, mich wegen der Vogelkacke verrückt zu machen. Das sei nicht wichtig.
Ich: »Ach ja? Wie würdest du es finden, wenn das Letzte,
was Ham von dir gesehen hat, ein Haufen Vogelkacke im
Gesicht ist?«
Kat: »Hm …«
Ich: »Siehst du.«
Da hat Kat, ohne Rücksicht auf meinen Schmerz, laut
losgelacht. Beste Freundin, von wegen!

18:00

Nachdem ich Kat darauf aufmerksam gemacht habe, dass
man sich den Titel »beste Freundin« schon verdienen
muss, hat sie sich entschuldigt. Aber während sie mir ihre
Sicht der Dinge erklärte, musste sie schon wieder lachen
… Na ja, kurz gesagt, irgendwann musste ich selbst lachen.

19:00

HAHAHAHAHAHAHAHAHAHAHAHAHA! VOGEL
KACKE! Das ist die bek(n)ackteste Schlussmachszene
der WELT! HAHAHAHAHAHAHAHA!

Donnerstag, 13. April

Ich glaube, meine Google-Recherchen und mein Gespräch mit Kat haben doch was gebracht. Ich bin überrascht, dass es mir eigentlich ganz gut geht. Ich bin überhaupt nicht mehr traurig. Vielleicht hat Google Zauberkräfte. Vielleicht waren die Adressen, die mir angezeigt wurden, eine kodierte Botschaft, die mein Gehirn unbewusst vom Zustand der Trauer in den Zustand der Weisheit und Freude überführt hat. Es gelingt mir sogar, die Sache mit Humor zu nehmen. Ich kann gar nicht glauben, wie gut ich das wegstecke. Wie lange hat mein Liebeskummer gedauert? Viereinhalb Tage? Und dabei hat Kat Monate rumgeheult! Sie kann eben nicht so gut wie ich mit ihren Gefühlen umgehen. Wow! Super Technik! Ich denke einfach nicht mehr an Nicolas, dann ist es, als hätte es ihn nie gegeben.

Die erste Phase: Verweigerung
O.K., ICH GEB'S ZU: Das war gelogen. Ich denke noch an ihn. Ich habe mich nur in positiver Konditionierung versucht, um meinem Gehirn die Botschaft zu übermitteln, dass ich nicht mehr an ihn denke. Hätte doch funktionieren können. Tja, leider nicht. Ich denke die ganze Zeit an Nicolas. Ich wünsche mir bloß, das letzte Bild,

243

das er von mir hat, ist mein Gesicht. Und nicht mein Gesicht mit Vogelkacke drauf. Das ist doch wohl verständlich, oder? Dann hätte er eine schöne Erinnerung, wenn er an mich denkt. Andernfalls wird er, sollte er es sich doch noch mal überlegen und an mich denken – an Vogelkacke denken! Und das wird er so eklig finden, dass er schnell an was anderes denkt. Kacke! (Das ist jetzt keine ironische Anspielung aufs Thema, für Witze bin ich gerade echt nicht in der Stimmung.)

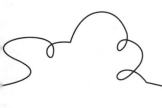

Freitag, 14. April

Schulfrei. Sonntag ist Ostern. Kat ist mit ihrer Familie irgendwo in die Pampa gefahren. Ich würde gerne bei Nicolas anrufen. Ich könnte ihn anrufen und ihm einfach nur »frohe Ostern« wünschen. Das wäre doch total nett von mir. Ostern ist ein wichtiger Feiertag, oder etwa nicht? Dabei könnte ich ihm vorschlagen, dass wir uns noch einmal treffen, um uns richtig voneinander zu verabschieden. In aller Form. Ganz ohne Vögel. Eine ausgezeichnete Idee!

11:00

Als ich gerade seine Nummer wählen will, klingelt das Telefon. Es ist Tommy.

Tommy: »Laf! Was machst du heute?«

Ich: »Ich, äh … ich rufe … Freunde an.«

Tommy: »Wen?«

Ich: »Niemanden. Alle möglichen. Kommt drauf an.«

Tommy: »Willst du deinen Ex anrufen?«

Ich: »Nein!«

Tommy: »O.k., ruf mich an, wenn du fertig bist.«

Ich: »Nein, ich will heute … lieber allein sein.«

Tommy: »Ach komm schon! Wir gehen in den Park.«

Ich: »Blühen die Gänseblümchen schon?«

11:38

Im Park.

Die Gänseblümchen blühen noch nicht. Aber Tommy hat mir welche im Blumenladen gekauft, um mich zu überzeugen, mit in den Park zu kommen. Es gibt nur zwei Möglichkeiten: a) er fühlt sich schuldig, oder b) er wollte bloß nicht allein in den Park.

11:51

Während Tommy Gitarre spielt, zupfe ich einzeln die Blütenblätter der Gänseblümchen heraus und denke dabei: »Er liebt mich, er liebt mich nicht« (Nicolas, nicht Tommy). Ich teile die blütenlosen Gänseblümchen auf zwei Haufen: Einen für »Er liebt mich« (der bislang größere, yes!) und einen für »Er liebt mich nicht« (den ich gleich in die Mülltonne werfen werde). Wenn mir am Ende mehr Gänseblümchen gesagt haben, dass er mich liebt, werde ich ihn anrufen. Wenn das Gegenteil der Fall ist, dann nicht.

Tommy: »Vergiss ihn!«

Ich: »Wen?«

Tommy: »Nicolas.«

Ich: »Pfff! Den habe ich schon längst vergessen.«

Tommy: »Du spielst aber ›Er liebt mich, er liebt mich nicht‹.«

Ich: »NEIN!«

Ups, habe ich das gerade gebrüllt?

Tommy: »Ach komm!«

Er zerwühlt meinen »Er-liebt-mich«-Stapel, was mir im Herzen wehtut.

Ich: »Du hast alles kaputt gemacht!!!«

Tommy: »Das ist nur ein Haufen Gänseblümchen ohne Blüten!«

Ich: »Das ist alles deine Schuld! Ich wünsche dir bloß, dass ein Vogel auf deine Gitarre kackt!«

Sonntag, 16. April

Folgende Schokofiguren habe ich geschenkt bekommen:
- Eine Schildkröte von meiner Mutter
- Ein Huhn von meinen Großeltern Charbonneau
- Alle möglichen Eier von meinen Tanten und Onkeln
- Einen gigantischen Osterhasen von meiner Großmutter Laflamme
- Ein Schminktäschchen aus Schokolade von François Blais (der sich bestimmt für wahnsinnig originell hält)
- Ein Kätzchen von Tommy (mit einer Karte, auf der steht, er werde eigenhändig Vogelkacke auf seine Gitarre schmieren, wenn ich ihm dann vergebe)

Ich habe aber keinen Bissen davon runtergekriegt, weil ein Klumpen Traurigkeit in der Größe einer Melone mir die Speiseröhre blockiert. (Vielleicht sollte ich mal zum Arzt gehen?)

21:00

Meine Mutter telefoniert gerade (bestimmt mit François Blais, oder besser gesagt, *The Devil*, wie ich ihn seit einiger Zeit nenne), als ich auf dem Höhepunkt meiner Trauer zu ihr ins Zimmer gegangen bin. Ich weiß nicht,

wie sie es geschafft hat, auch nur ein Wort meiner Geschichte zu verstehen, so wie ich geschluchzt habe. Wahrscheinlich denkt sie, ich habe einen Zuckerschock, nachdem ich die ganze Schokolade gefuttert habe. Aber sie hat mir aufmerksam zugehört und sanft meine Haare gestreichelt. Dann hat sie gesagt:
»Ich weiß, das tut weh, mein Mäuschen. Aber du wirst sehen, die Zeit heilt deine Wunden.«

Montag, 17. April

Am Telefon mit Tommy.
Ich: »Danke für die Schokolade.«
Tommy: »Danke, dass du mich anrufst. Hast du Lust, rüberzukommen und Musik zu hören?«
Ich habe mir gesagt, es wäre vielleicht besser, Tommy zu verzeihen. Wenn Kat den ganzen Sommer auf ihrem Reiterhof ist, kann ich einen Kumpel gut gebrauchen. Heute übrigens auch.

Das Problem mit Tommy ist, dass ich ihm einfach nicht lange böse sein kann. Schade, dass es Nicolas mir gegenüber nicht auch so geht.

Die zweite Phase: Schuld
Es ist alles meine Schuld. Es ist alles meine Schuld. Ich hätte lieber zu Hause bleiben und lernen sollen, statt zu MusiquePlus zu gehen. Die Schule ist wichtig. In irgendwelche Fernsehstudios zu glotzen ist es nicht! Ich bin einfach nicht in der Lage, mich mal zwei Sekunden hinzusetzen und die Nase in meine Bücher zu stecken. Madame muss in die Stadt und sich die Nase am Fenster eines Musikkanals plattdrücken. Sehr intelligent. Bravo! Ich bin das blödeste Mädchen der Welt. Es geschieht mir recht, dass Nicolas mit mir Schluss gemacht hat. Ich an seiner Stelle hätte das Gleiche getan!

Vermerk an mich selbst: Den Kopf gegen die Wand zu hauen kann schmerzhaft sein und Ihre Katze verstören (Feststellung aus eigener Erfahrung).

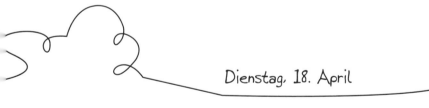

Dienstag, 18. April

Heute ist der TAG DES GRAUENS. (Die Lehrer sprechen ganz nüchtern vom »Impftag«, kommt vermutlich auf die Perspektive an – oder auf welcher Seite der Spritze man steht.) Jede Menge Krankenschwestern kommen in die Schule, um uns gegen alle möglichen Krankheiten zu impfen, Tetanus und so weiter – nach »Tetanus« habe ich lieber nicht weiter zugehört.

14:00
Ich hasse Spritzen.

14:02
Ich stehe in der Schlange und warte auf meine Spritze. Dabei lasse ich ein Mädchen nach dem anderen vor, aus Höflichkeit, versteht sich. Ich bin eben gut erzogen.

Vermerk an mich selbst: Meiner Mutter bei Gelegenheit für meine gute Erziehung danken.

14:03
Ein Lehrer sagt, ich solle nicht noch mehr Mädchen vorlassen, ich würde um die Spritze nicht herumkommen.

14:05
Die Krankenschwester nimmt mechanisch meinen Arm, schiebt meine Bluse hoch und nähert sich mit ihrer großen Nadel. Ich ziehe den Arm weg.
Die Schwester: »Lass den Arm ganz locker, es wird nicht wehtun.«
Ich: »Tut mir leid. Das ist die Erwartung des Schmerzes. Laut einer Studie ist die Erwartung von Schmerz genauso schmerzhaft wie der Schmerz selbst. Habe ich in Bio gelernt.«

Schwester: »Es wird aber gar nicht wehtun, das ist wie ein Mückenstich.«

Sie versucht es erneut. Ich ziehe wieder meinen Arm weg.

Ich: »Tut mir leid! Ich habe solche Angst, dass es wehtut.«

Schwester: »Du scheinst echt kein Fan von Mückenstichen zu sein, was!«

Ich: »Äh … nein, nicht wirklich. Sie etwa?«

Autsch! Während ich geredet habe, hat sie mir einfach die Spritze verpasst. Ich glaube, sie wollte mich bestrafen, weil ich ihr Widerworte gegeben habe. Also echt! Als würde man ausrufen: »Jippie, endlich hat mich eine Mücke gestochen!«

Während ich mich noch vor Schmerzen krümme, ruft sie schon: »Nächste!« Ich breche in Tränen aus, während die Schwester genervt nach einem zuständigen Lehrer Ausschau hält.

14:35

In Monsieur Beaulieus Büro, nach meiner (zugegeben echt kindischen) Szene beim Impfen.

Monsieur Beaulieu: »Was ist denn jetzt schon wieder los, Amélie?«

Ich: »Ich hasse Spritzen!«

Ich berühre meinen Arm an der Stelle, wo ich die Spritze bekommen habe, und nehme den Finger gleich wieder weg. Das tut ja noch mehr weh.

Monsieur Beaulieu: »So sehr?«

251

Ich: »Ja …«

Monsieur Beaulieu: »Willst du mir nicht die Wahrheit sagen? Führst du dich so auf, weil ich dich wegen deiner Noten unter Druck gesetzt habe? Das habe ich nur getan, weil ich überzeugt bin, dass du es schaffen kannst.«

Ich: »Nein …«

Ich strecke reflexartig die Hand nach einem Gummiband aus, das auf seinem Schreibtisch liegt, aber er kommt mir zuvor und verstaut es in einer Schublade.

Monsieur Beaulieu: »Monsieur Giroux hat mir gesagt, dass du bei einem Test in Erdkunde durchgefallen bist.«

Ich: »Ja, aber …«

Monsieur Beaulieu: »Du warst auf dem richtigen Weg, du musst jetzt einfach nur so weitermachen wie in den letzten Wochen. Wenn dich etwas bedrückt, sag es mir. Ich kann dir bestimmt helfen.«

Da bricht es aus mir heraus:

»Liebesku-hu-huuuuuuuuuuuuummer …«

Monsieur Beaulieu: »Liebeskummer?«

Ich: »Ja-aaaaah!!«

Ich nehme ein Taschentuch, das auf seinem Tisch liegt, um mir die Tränen wegzuwischen und die Nase zu putzen.

Monsieur Beaulieu: »Dann musst du eben versuchen, zu bestimmten Zeiten deinen Liebeskummer zu verarbeiten und zu bestimmten Zeiten zu lernen.«

Ich: »Früher konnte ich das auch. Aber jetzt nicht mehr. Ich weiß nicht, wie ich wieder werden soll wie vorher.«

Monsieur Beaulieu: »Wie vorher?«

Ich: »Wie vorher, als ich so atmen konnte, dass ich mein Herz nicht gespürt habe.«

Monsieur Beaulieu: »Ich kenne mich damit zwar nicht aus, aber ich glaube nicht, dass das gesund ist.«

Er kramt in seiner Schreibtischschublade und gibt mir einen Flyer von *Wir hören zu*, der Beratungsstelle, die man bei Problemen kostenlos anrufen kann.

Ich: »Nein! Da rufe ich bestimmt nicht noch mal an. Die sind inkompetent!«

Monsieur Beaulieu: »Nimm den Flyer trotzdem mit, vielleicht kannst du ihn noch brauchen. Hör mal, ich werde Monsieur Giroux bitten, dass du den Test wiederholen darfst. Einverstanden?«

18:00

Meine Mutter isst mit François Blais zu Abend (ich also auch). Ich habe ganz deutlich im Ohr, dass er beim Kauen nervige (eklige) Geräusche macht. Ich frage mich, warum meine Mutter ihm nicht Monsieur Beaulieu vorgezogen hat. Der ist echt nett. O. k., er stinkt nach Aftershave, aber das lässt sich ja leicht beheben.

Die dritte Phase: Trauer
Uhuhuhuhuhuhuhuuuuuu. Uhuhuhuhuhuhuhuhuuuuuu. Uhuhuhuhuhuhuhuhuhuhuhuhuhuuuuuuuuuu. Uhuhuhuhuhuhuhuhuhuhuhuhu. Uhuhuhuu. Uhuhuhuhuhuhuhu.
Schnief.
Uhuhuhuhuhuhuhuuuuuu. Uhuhuhuhuhuhuhuhuuuuuu.

Uhuhuhuhuhuhuhuhuhuhuhuhuhuuuuuuuu. Uhuhuhu-
huhuhuhuhuhuhuhuhuhu. Uhuhuhuu. Uhuhuhuhuhuhuhu.
Schnief.
Uhuhuhuhuhuhuhuhuuuuuu. Uhuhuhuhuhuhuhuhuuuuu.
Uhuhuhuhuhuhuhuhuhuhuhuhuhuuuuuuuu. Uhuhuhu-
huhuhuhuhuhuhuhuhuhu. Uhuhuhuu. Uhuhuhuhuhu.

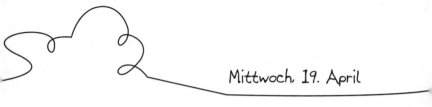

Mittwoch, 19. April

Als ich von der Schule nach Hause komme, muss ich weinen. Es ist total blöd, ein Organ zu haben (das Herz), das man die ganze Zeit spürt. Ich will einfach nur vergessen, dass es da ist. Es nicht mehr fühlen. Nichts mehr fühlen.

16:13

Als ich mein Erdkundebuch öffne, flattert mir der *Wir-hören-zu*-Flyer entgegen, den Monsieur Beaulieu mir gegeben hat. Letztes Mal, als ich da angerufen habe, kam mir die Mitarbeiterin nicht sehr professionell vor. Aber wenn ich drüber nachdenke, lief mein Leben nach dem Gespräch wirklich besser.

16:15

Na ja, eigentlich habe ich nichts zu verlieren, wenn ich da anrufe. Ich wähle. Es klingelt.

Mitarbeiterin bei *Wir hören zu*: »Wir hören zu, guten Tag!«

Ich: »Hallo … Ich habe Liebeskummer und brauche Hilfe.«

Mitarbeiterin: »Mhmh … Ich höre.«

Ich: »Ja, also … das war's schon. Ich habe Liebeskummer. Was soll ich machen?«

Mitarbeiterin: »Du bist also traurig?«

Ich: »Das habe ich doch gerade gesagt! Ich habe Liebeskummer! Ja, ich bin traurig!«

Mitarbeiterin: »Wenn du deine Trauer auslebst, wird es dir mit der Zeit besser gehen.«

Ich: »Wie?«

Mitarbeiterin: »Was, wie?«

Ich: »Wie lebe ich meine Trauer aus? Ich muss doch zur Schule und alles. Außerdem habe ich miese Noten.«

Mitarbeiterin: »Nimm dir ganz bewusst Zeit, um zu lernen, und Zeit, um dich zurückzuziehen und zu trauern.«

Ich: »Aha. Das hat mir unser Schuldirektor auch schon gesagt.«

Mitarbeiterin: »Tu dir in der Zeit, die du für dich hast, etwas Gutes. Unternimm etwas, das dir Spaß macht, oder triff dich mit Leuten, die du gerne hast.«

Die hat doch bloß die *Miss* gelesen, das Gleiche steht da auch drin.

Ich: »Lesen Sie die *Miss*?«

255

Mitarbeiterin: »Wenn es dir guttut, die *Miss* zu lesen, dann lies sie. Du findest dort bestimmt Informationen, die dir helfen, deine Lage zu verstehen, und ein paar Tipps, wie es dir bald besser geht.«

Ha, hab ich's doch gewusst!

Mitarbeiterin: »Du kannst dich auch an jemanden wenden, dem du vertraust, der dir zuhört und dich begleitet.«

Ich: »Äh … na, deswegen habe ich Sie doch angerufen.«

Mitarbeiterin: »Und das kannst du auch jederzeit wieder tun. Kann ich dir sonst noch irgendwie helfen?«

Ich: »Äh, ja. Meinen Liebeskummer regeln, deswegen rufe ich doch an.«

Mitarbeiterin: »Ich kann dir zuhören und ich kann dich begleiten, aber ich kann nicht zaubern. Mit der Zeit wird es besser. Mach dir keine Sorgen.«

Mit der Zeit, mit der Zeit! So viel Zeit habe ich nicht. Ich muss dringend gute Noten schreiben.

Ich: »Bitte! Ich brauche Hilfe. Es geht mir wirklich schlecht.«

Mitarbeiterin: »Liebeskummer durchlebt man wie Trauer. Es gibt fünf Phasen …«

Ich: »Ja, ja, ich weiß.«

Mitarbeiterin: »Setz dich bewusst mit deinen Gefühlen auseinander. Alles, was wir fühlen, lehrt uns auch etwas. Versuch, das Positive dieser Situation zu sehen.«

Ich: »Da gibt es nichts Positives! Ich habe Nicolas verloren!!!« (Ups. Lieber nicht seinen echten Namen nennen.) »Äh … Joe.« (Keine Ahnung, warum mir ausgerechnet dieser Name eingefallen ist. Klingt nicht überzeugend.)

Mitarbeiterin: »Ich verstehe, dass es dir schlecht geht. Hast du jemanden, mit dem du reden kannst?«

Ich: »Meine Mutter … Meine beste Freundin … Meinen Nachbarn … auch wenn der schuld an der ganzen Sache ist.«

Mitarbeiterin: »Was meinst du damit?«

Ich: »Er hat mich geküsst, und Nic… Joe hat davon erfahren.«

Mitarbeiterin: »Hast du deinen Freund betrogen?«

Ich: »NEIN! Er hat mich GEGEN MEINEN WILLEN GEKÜSST!«

Mitarbeiterin: »Du weißt, dass du immer das Recht hast, NEIN zu sagen, wenn du etwas nicht willst.«

Ich: »Das habe ich ja auch, aber … jedenfalls hat Tom… hat mein Nachbar sich entschuldigt und ich habe ihm verziehen. Aber mein Freund hat mir nicht verziehen. Er hat Schluss gemacht. Oh Mann! Ich mache mir solche Vorwürfe!«

Mitarbeiterin: »Hast du das Gefühl, dass du ihm gegenüber nicht aufrichtig warst?«

Ich: »Nein. Ich hätte es ihm schneller sagen sollen, aber … ich hatte keine Gelegenheit. Wie könnte ich es ihm erklären, damit er es versteht?«

Mitarbeiterin: »Diesen Schritt muss er selbst machen. Du kannst ihn nicht zwingen, deine Sichtweise zu verstehen. Respektiere seine Entscheidung.«

Ich: »Und in der Schule war ich gerade besser geworden,

aber ich weiß nicht, wie ich das jetzt durchhalten soll. Ich will ja, aber ich schaffe es nicht!«

Mitarbeiterin: »Ich verstehe, dass du dich fühlst, als hättest du ein schweres Gewicht auf den Schultern. Vielleicht hast du überall etwas zu viel Druck. Akzeptiere deine Schwächen, in der Schule wie in deinen Beziehungen. In Bezug auf andere scheinst du das zu können, aber nicht in Bezug auf dich. Irren gehört zum Leben. Das Wichtige ist, dass man aus seinen Fehlern lernt.«

Ich: »Ja … das sagt sich so leicht. Äh … eine Frage habe ich noch. Als ›Jo‹ mit mir Schluss gemacht hat, hat mir ein Vogel auf den Kopf gekackt und es deprimiert mich so, dass das die letzte Erinnerung ist, die er an mich hat.«

Mitarbeiterin: »So funktioniert das Gedächtnis nicht. Also, konzentrier dich auf das Positive im Leben und alles wird gut. Du wirst sehen, die Zeit heilt deine Wunden. Kann ich noch etwas für dich tun?«

Ich: »Ja … könnten Sie alle Vögel ausrotten?«

Ich glaube, sie hat meine (absolut berechtigte!) Wut gegen Vögel nicht ernst genommen. Sie hat nur gesagt: »Wenn du noch einmal das Bedürfnis hast zu reden, kannst du jederzeit anrufen. Pass auf dich auf!«
Und dann hat sie aufgelegt.

So eine blöde Kuh!

16:34
Ich rufe Kat an.

Ich: »Als du Liebeskummer hattest, hast du bei *Wir hören zu* angerufen?«
Kat: »Ja.«
Ich: »Die sind echt blöd.«
Kat: »Nein, die sind super! Nur dank ihnen habe ich das überstanden.«
Ich: »Du hast gesagt, nur dank mir!«
Kat: »Na, dank vieler Dinge. Ich habe mich auf das Positive in meinem Leben konzentriert. Du wirst schon sehen, verlass dich auf meine Erfahrung. Mit der Zeit wird es besser.«
Ich: »HÖRT ENDLICH ALLE AUF, DAS ZU SAGEN!!!«

Dienstag, 25. April

Seit vier Tagen rede ich nicht mehr mit meiner Mutter, außer um grundlegende Informationen auszutauschen wie 1) ich habe Hunger, 2) ich muss ins Bad oder 3) ja, ja, ich mache gleich den Abwasch. Was sie mir gesagt hat, ist total scheußlich, schrecklich, fürchterlich und alle anderen negativen Wörter auf »-lich«, die ich noch nicht im Wörterbuch gefunden habe! Sie hat gesagt (aaaaaaaaaaah!), dass sie mit François Blais (grrrrrrrrrrr!) nach Frankreich fährt (puuuuuuuuh!), und zwar DEN GANZEN SOMMER! Erst fand ich den Plan super. Ich habe natürlich gedacht, ich sollte auch mit. Und da Kat den ganzen Sommer auf ihrem Reiterhof ist, wäre es gar nicht schlecht, ein neues Land kennenzulernen, statt allein hier herumzuhocken. Aber dann hat meine Mutter herumgedruckst:

»Also … das ist in erster Linie eine Geschäftsreise, und wir wollten die Gelegenheit nutzen, um … uns ein bisschen besser kennenzulernen. Zu zweit.«

Als sie das sagte, wurde ich vom Boden verschluckt und lebe seitdem unter der Erde (bildlich gesprochen, ich lebe *nicht wirklich* unter der Erde. Zum Glück bin ich von der Idee, mir die Radieschen von unten anzuschauen, schnell wieder abgekommen. Puh.).

Ich kann nicht fassen, dass sie mich im Stich lässt, um mit einem Typen nach Frankreich zu fahren, den sie kaum kennt. O. k., sie arbeitet seit Jahren mit ihm zusammen, aber *kennt* man die Leute wirklich, mit denen man täglich zu tun hat? Nein! Nadine zum Beispiel sehe ich jeden Tag in der Schule, aber ich weiß nicht, was ihr Lieblingsessen ist, ihr Lieblingsfilm, oder welche Musik sie heimlich hört. Sie könnte der Teufel persönlich sein, ohne dass ich es wüsste. Wie soll man das wissen? Vielleicht verschleppt François Blais meine Mutter nach Frankreich, um sie an Frauenhändler zu verkaufen! Oder als Geisha! Na gut, dafür ist Frankreich nicht gerade bekannt, aber vielleicht hat er da irgendwelche Kontaktmänner.

Meine Mutter findet, ich hätte gar keinen Grund, sauer zu sein, weil ich den ganzen Sommer bei meinen Großeltern hier in Kanada verbringen … und campen darf! Und weil ich jede Menge Gesellschaft haben werde, da wir meine Cousins und Cousinen besuchen (mit denen ich mich absolut nicht verstehe). CAMPEN!!! Ich HASSE das Wohnmobil meiner Großeltern. Und jetzt soll ich den ganzen Sommer darin verbringen! Während meine Mutter es sich in Frankreich gutgehen lässt!!!

Die vierte Phase: Wut
ALLE NERVEN MICH! ALLE! Ich will einfach nur weg. AUF EINEN ANDEREN PLANETEN! In gewisser Weise bin ich da sowieso schon, weil niemand mich versteht! Meine Mutter kennt mich kein bisschen, wenn sie meint, es mache mir Spaß, mit zwei Rentnern campen zu gehen! O.k., das sind meine Großeltern und die Familie ist wichtig und blablabla. Aber MEINE Wünsche sind ihr total egal. Und wenn ich schon dabei bin, Nicolas nervt mich auch! Warum ist er so sauer auf mich? Ich sollte sauer auf ihn sein, weil er so kindisch ist. Ich habe ihm doch alles erklärt! Alles! So ein eifersüchtiger Blödmann! Ich habe ihm gesagt, dass ich ihn liebe, und ihm die Wahrheit gesagt. Die GANZE Wahrheit! Und ich will ja jetzt nicht fies sein, aber wer bitte fährt dermaßen auf *Cool Waves* ab, außer seinem besten Freund und seinem Bruder, also gleich zwei wichtigen Menschen in seinem Leben? Na? Wer? Nie-mand! Und wenn man an den Spruch »Gleich und gleich gesellt sich gern«

denkt, spricht das nicht für Nicolas! Er hat Schluss gemacht? Nicht nötig, ICH mache Schluss!

P.S. Kat hat mir eindringlich abgeraten, Nicolas anzurufen und mit ihm Schluss zu machen, nachdem er bereits vor mehreren Tagen mit mir Schluss gemacht hat. Sie meint, er würde mich sonst für *mega-crazy* halten (ihre Worte). Hmpf! Wir sind hier doch in einem freien Land!

P.S. Nr. 2: Fürs Archiv: Ich habe Nicolas nicht angerufen. Aber irgendwann kriegt er es noch zurück!

Mittwoch, 26. April

Oh Gott! Schrecklich! Ekelhaft! Was für ein Horror!
Man bringe mir eine Papiertüte, damit ich hyperventilieren kann! Ich habe mich im Internet über Frankreich informiert. In Frankreich am Strand tragen alle Frauen einen Monokini!!!!!!!!!!!!!!!!!!!!!!!!!!! Meine Mutter im Monokini!!!!!!!!!!!!!!!! Mit anderen Worten: OBEN OHNE! Mit NACKTEN BRÜSTEN! Ich bin so außer mir, ich glaube, ich falle gleich in Ohnmacht.
Dieses blöde Google hilft mir nicht bei meinem Liebes-

kummer, dafür teilt es mir mit, dass meine Mutter mit nackten Brüsten herumspazieren wird, und zwar VOR ALLER WELT!

17:02
Das Leben gönnt mir echt keine Verschnaufpause.

17:03
Meine Mutter … France und ihr Freund … François fahren nach … Frankreich. *Vive la France!* Hihihihihi!

17:04
Nein, ich bin sauer, o.k.? Jetzt wird nicht gelacht!

Undefinierbare Phase, von der in der *Miss* nicht die Rede ist: Gemischte Gefühlslage aus Verweigerung-Trauer-Wut-Trauer-Schuld-Trauer
Nicolas wird anrufen und mir sagen, dass er mich liebt und dass es ihm leidtut. Uhuhuhuhu. Alle gehen mir auf die Nerven! Uhuhuhuhu. Es ist alles meine Schuld. Uhuhuhuuu. Ich bin so blöd. Uhuhuhuhuhu.

20:00
Ich rufe Kat an, um mich bezüglich meiner Gefühlslage beruhigen zu lassen. Sie sagt, dass es ihr genauso ging. Alles unter Kontrolle. (Das sind Kats Worte und nicht meine, ich würde nämlich eher das Gegenteil behaupten.)

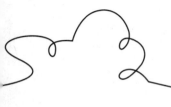

Donnerstag, 27. April

Ich hätte fast einen Herzinfarkt bekommen, als meine Mutter sagte: »Wir brauchen ein gutes Tierheim für Sybil, wenn du mit deinen Großeltern campen bist.«
Ich: »Was?!?!!!!! Kommt gar nicht infrage!«
Meine Mutter: »Es gibt sehr gute Tierheime, wo man sie gut behandeln wird.«
Ich: »Dann kannst du für mich auch gleich einen Käfig reservieren, ich bleibe nämlich bei ihr!«
Meine Mutter: »Amélie, sei vernünftig!«
Ich: »Ich bin vernünftig. Ich lasse Sybil doch nicht den ganzen Sommer allein! Du hast gesagt, ich sei für sie verantwortlich, und das bin ich! Und das betrifft nicht nur ihr Katzenklo! Ich gehe mit Sybil, oder ich gehe gar nicht!«

19:00

Meine Mutter: »Meine Eltern sagen, dass es schwirig sei, mit einer Katze zu campen.«
Ich: »Dann fahre ich eben nicht mit. Basta.«
Meine Mutter: »Aber … ich habe mit deiner Großmutter Laflamme telefoniert, und du kannst mit Sybil bei ihr bleiben. Sie freut sich sogar! Sie hat vor Freude geweint.«
Ich: »Echt jetzt?«

Meine Mutter: »Ja.«

Ich: »Sie hat sich ehrlich gefreut?«

Meine Mutter: »Sie liebt Katzen. Und dich sowieso.«

Meine Großmutter liebt mich? Wenn ich mir den Mega-Schokohasen anschaue, den sie mir zu Ostern geschickt hat, glaube ich eher, sie will, dass ich EXPLODIERE. Ich sehe schon die Schlagzeile:

Vierzehnjährige explodiert

Das Opfer, Amélie Laflamme, 14, verspeiste einen monströsen Schokoladenhasen, den die mutmaßliche Schuldige, Simone Laflamme, ihr zu Ostern schenkte. Die Ermittlungen laufen. Mehr zu diesem Drama erfahren Sie in den nächsten Tagen.

19:03

Meine Mutter: »Du darfst nicht denken, dass meine Eltern dich nicht mögen. Das stimmt nicht. Sie sind nur … ein bisschen dickköpfig! Wie du. Sei ihnen nicht böse …«

Ich: »Ich bin ihnen nicht böse, ich wollte bloß nicht Sybil allein lassen. Ich bin so schon allein genug diesen Sommer.«

Meine Mutter: »Ich verstehe dich, mein Mäuschen … Jetzt ist ja alles geregelt.«

Ich: »Mama, ich werde bald fünfzehn! Kannst du mal endlich aufhören, mir irgendwelche blöden Kosenamen zu geben?«

Meine Mutter: »Darf ich dich nicht mehr Mäuschen oder Schätzchen oder Püppchen nennen?«

Meine Mutter sieht echt traurig aus.

Und sie traurig zu sehen macht mich noch trauriger. Alle Ereignisse der letzten Wochen ziehen noch einmal an meinem inneren Auge vorbei, und plötzlich fühle ich mich total leer. Ich gehe in mein Zimmer, um endlich meine Ruhe zu haben.

19:10

Ich kraule Sybils Nacken (das liiiiebt sie), und während sie schnurrt, flüstere ich ihr zu:

»Du verstehst mich, stimmt's, mein Sybil-Mäuschen? Du weißt, wie es ist, beide Eltern verloren zu haben … Aber mach dir keine Sorgen, ich bin für dich da. Ich lasse dich niemals allein. Ich werde immer für dich da sein. Wir werden uns niemals trennen.«

19:12

Ich fange an zu weinen und Sybil kommt zu mir und leckt meine Tränen weg. Das ist so süß, dass ich lachen muss.

19:15

Meine Mutter kommt, ohne anzuklopfen, in mein Zimmer und setzt sich neben Sybil und mich.

Meine Mutter: »Weißt du, Amélie, ich weiß, wie du dich fühlst.«

Ich: »Das kannst du gar nicht verstehen.«

Meine Mutter: »Dann erklär's mir.«

Ich: »Ich will nicht, dass du wegfährst!«

Meine Mutter: »Warum nicht?«

Ich: »Darum! Ich würde niemals ohne Sybil wegfahren!«

Meine Mutter streichelt Sybil, die laut schnurrt.

Ich: »Was soll ich machen, wenn dir was zustößt?«

Meine Mutter: »Was soll mir denn zustoßen?«

Ich: »Na, ein Flugzeugabsturz oder so was.«

Meine Mutter: »Das passiert so gut wie nie.«

Ich: »Aber es wäre möglich! Wie groß war die Wahrscheinlichkeit, dass Papa eine Lungenembolie bekommt? Trotzdem hat er eine bekommen!«

Meine Mutter: »Das ist etwas anderes.«

Ich: »Ich weiß ganz genau, was du willst! Du willst Papa auslöschen!«

Meine Mutter: »Nein.«

Ich: »Doch! Deswegen wolltest du auch alles neu streichen.«

Meine Mutter: »Das war doch deine Idee!«

Ich: »Aber du hast darauf bestanden!«

Meine Mutter: »Hör mir mal zu … Ich gebe zu, als ich meine Gefühle für François entdeckt habe, wollte ich wirklich die Wände neu streichen, um … noch einmal neu anzufangen. Verstehst du?«

Ich: »Du wolltest ihn auslöschen! Du sagst es nur mit anderen Worten!«

Meine Mutter: »Ich will ihn nicht auslöschen, ich will ihn nur in meiner Erinnerung haben statt in meinem Alltag. Ich muss wieder anfangen zu leben. Für mich und für dich. Ich habe Jahre damit verbracht, unglücklich zu sein. Ich bin sicher, du willst, dass ich glücklich bin. Du hast selbst gesagt, dass ich wie ein Zombie war.«

Ich: »Wenn dein Flugzeug explodiert und du in den Himmel kommst, für wen entscheidest du dich dann, für Papa oder François Blais?«

Meine Mutter: »Du weißt doch, dass ich nicht an den Himmel glaube.«

Ich: »Aber ich glaube dran.«

Ich werfe ihr einen flehenden Blick zu, voller Tränen, die ich nur wegen meiner Wut zurückhalten kann.

Meine Mutter (holt tief Luft): »Dein Vater wird immer meine große Liebe sein. Aber ich will mich nicht mehr so verdorrt im Inneren fühlen und einfach ein normales Leben führen. Ich will glücklich sein. Anders ertrage ich mich nicht mehr.«

Wir sehen uns an. Nach langem Schweigen sagt sie:

»Ich glaube, das mit der Reise war keine gute Idee. Es ist vielleicht etwas früh. Ich werde sie absagen.«

Ich: »Wirklich wahr?«

Meine Mutter: »Wir können die Reise auf später verschieben. Jetzt ist nicht der richtige Zeitpunkt.«

Ich: »Oooooooh! Danke, Mama!«

Freitag, 28. April

Heute muss ich in Französisch ein Referat halten. Das Thema war frei wählbar. Man darf reden, worüber man will.
Gestern Abend war ich so aufgewühlt, dass ich ein Gedicht geschrieben habe. Alle Gefühle, die ich in den letzten Monaten erlebt habe, gingen durcheinander, und ich habe geschrieben, geschrieben, geschrieben.
Tommy hat sogar eine Melodie zu meinem Gedicht komponiert, das er superschön findet.

14:45

Ich bin als Fünfte dran. In der Hand halte ich den Zettel mit meinem Gedicht. Beim Anblick all der Gesichter in der Klasse werde ich total nervös. Die Schuluniformen meiner Mitschülerinnen verschwimmen und ich sehe nur eine formlose Masse.

Ich stelle meinen tragbaren CD-Player auf dem Lehrertisch ab und schalte die Musik ein, die Tommy auf CD gebrannt hat.

Ich schlucke und sage:
»*Gefangen* von … äh …« (meine Knie zittern) »… mir,
Amélie Laflamme.«

Eingesperrt in dicken Mauern
Sitzt ein junger Prinz.
Muss auf ewig einsam trauern
In öder kalter Provinz.

Für seine Liebe
Muss er bezahlen und
Erdulden viele Hiebe
Und andere Qualen.

Nie hätte er sich träumen lassen
Vom hellen Morgenschein,
Als eine Maid ihm sang am Fenster
Und kam ihn zu befrein.

Begehrt war der Prinz von vielen,
Doch liebte er nur die singende Maid.
Da wüteten seine Gespielen
Und rissen vom Thron ihn vor Neid.

Der Prinz verließ sein kaltes Schloss,
Zog in eine Hütte (mit Klo).
Vergaß sein goldenes Himmelbett
Und schläft nun auf goldenem Stroh.

Jeden Abend singt für ihn am Fenster
Die geheimnisvolle Maid.
Er würde sie gern besser kennen,
Auch wenn sie Schuld hat an seinem Leid.

Sie war gekommen mit vielen Sachen,
Um den Prinzen zu befreien.
Mit Erfolg: Er kann wieder lachen,
Denn er träumt von einem Leben zu zweien.

Ich stelle die Musik aus und erkläre die Symbolik meines Gedichts:

»Äh …« (Ich drehe nervös eine Haarsträhne zwischen den Fingern.) »Der Prinz steht für mein Herz. Vor langer Zeit habe ich mein Herz ins Gefängnis gesteckt, um es vor zu starken Gefühlen zu schützen. Dann hat eines Tages jemand meine Festung überwunden. Und dann … ging es mir schlecht. Wie nie zuvor. Aber ich bin froh, dass ich … etwas gefühlt habe. Etwas Schönes. Das Blöde ist nur, dass jetzt all meine Gefühle freigelassen sind und ich nicht weiß, wie ich sie unter Kontrolle bekommen soll. Wenn einem das Herz gebrochen wurde, hat man Angst vor Gefühlen. Aber wenn man sich öffnet und das Risiko eingeht, dann … fühlt man sich lebendig. Eine Freundin hat mir gesagt, dass Schmerzen zum Leben dazugehören. Manchmal erlebt man schwierige Momente, aber man muss darüber hinwegkommen und weiterträumen. Danke.«

15:10

Ich bin aus der Klasse gerannt, während die anderen Mädchen applaudierten. Ohne mir die Jacke überzuziehen, bin ich aus der Schule gestürmt. Es ist ohnehin warm. Meine Mutter würde sicher sagen: »Ist der April auch noch so gut, gehe niemals ohne Hut!« Meine Mutter. Meine Mutter ... Was habe ich nur getan?

15:15

Ich sitze im Bus. Ich bin ungeduldig und will so schnell wie möglich ankommen. Ich zappele nervös mit dem rechten Bein. Dem Mann neben mir geht das vermutlich ganz schön auf die Nerven.

15:35

Ich steige aus dem Bus. Und renne, renne, renne. Alles, was in den letzten Monaten passiert ist, wirbelt in meinem Kopf durcheinander: meine erste Liebe, meine Lügen, der erste Freund meiner Mutter seit dem Tod meines Vaters, der Bugs Bunny, den mein Vater für mich gewonnen hat, mein anstrengender Nachbar Tommy, der schuld an meinem Unglück und trotzdem mein Freund ist, meine schlechten Noten in der Schule, meine Versuche, den Kopf aus dem Sand zu ziehen (bildlich gesprochen), und ich renne, renne, renne.

15:45

Ich erreiche das große Gebäude. Ich nehme den Aufzug. Es läuft leichte Klimpermusik, die sich absolut nicht mit dem Rhythmus meines Herzens in Einklang bringen lässt, das heftig schlägt: bumm-bumm, bumm-bumm, bumm-bumm.

15:47

Bing! Der Fahrstuhl hält auf der richtigen Etage. Ich laufe am Empfang vorbei, an den Büros, in denen irgendwelche Leute arbeiten. Ich höre keine Musik mehr, nur noch meinen Herzschlag, meinen keuchenden Atem, das Geräusch meiner Schritte auf dem Boden und das Rascheln meines Rocks an meinen Beinen.

15:48

Ich sehe meine Mutter vor einem Flachbildschirm sitzen. Sie trägt ihre Brille und dreht sich zu mir um.

Meine Mutter: »Was machst du denn hier, Schatz?«

Ich: »Ich wollte dir sagen, dass du deine Reise nicht absagen sollst.«

Meine Mutter: »Zu spät … Ich habe François schon gesagt, dass ich …«

Ich renne wieder aus dem Büro und suche die gesamte Etage nach François Blais ab. Dann finde ich ihn. Er unterhält sich im Flur. Ich packe ihn am Arm und sage: »François, sag die Reise mit meiner Mutter nicht ab. Das ist alles meine Schuld.«

Ich habe mir meine Höflichkeits-(Distanz-)Floskeln ausnahmsweise geschenkt.

François Blais: »Das ist nicht schlimm, Amélie, deine Mutter und ich werden ein anderes Mal fahren.«

Ich: »NEIN! Ich will, dass ihr jetzt fahrt. Ich will, dass meine Mutter glücklich ist!«

(In meinem Kopf: Selbst wenn sie das mit dir ist und du vielleicht ein Mistkerl bist, *Mr. Devil*!)

Meine Mutter (hinter uns): »Ach, mein Mäuschen …«

Ich gehe dicht zu ihr und flüstere ihr ins Ohr:

»Erinnerst du dich, was wir gesagt haben: Nicht. In. Der. Öffentlichkeit!«

Meine Mutter nimmt mich in den Arm und sagt:

»Ich habe dich so lieb, mein großes Mädchen!«

Ihre Kolleginnen im Chor:

»Oooohhhhhhhhhhh!«

Ich winde mich aus ihrer Umarmung und entgegne:

»Aber nur unter einer Bedingung: Du behältst dein Bikini-Top an!«

Meine Mutter: »Hahaha! O. k., versprochen.«

Meine Mutter legt mir den Arm um die Schulter, führt mich zurück in ihr Büro und sagt:

»Und jetzt rufen wir Monsieur Beaulieu an und sagen ihm, dass du hier bist. Ich frage mich, ob ich dich bestrafen muss, weil du von der Schule abgehauen bist.«

Ich: »Haha! Sehr lustig.«

20:00

Ich liege auf meinem Bett und versuche mich auf die Hausaufgaben zu konzentrieren, die Kat mir mitgebracht hat. (Sehr praktisch, eine Freundin zu haben, die die Zahlenkombi für mein Schließfach kennt.)

Hier ist mein Schlachtplan für die nächsten Monate: 1)

nacharbeiten, was ich in den letzten Wochen verpasst habe, 2) die Zeit genießen, die ich habe, bevor ich zu meiner Großmutter muss, 3) nicht mehr an Nicolas denken (vor allem nicht an meine Wahnvorstellung, dass sein letzter Eindruck von mir mit Vogelkacke bekleckert ist), kurz gesagt, 4) nur noch positiv denken.

Die letzte Phase: Akzeptanz
Hm … ich glaube, bis dahin brauche ich noch eine Weile. Ich wüsste gerne, wie lange genau. Ich glaube, selbst wenn es mir gelingt, nicht mehr so traurig zu sein, werde ich Nicolas nie vergessen. Und das ist gut so. Denn wenn ich es schaffe, über die Vogelkacke hinwegzukommen, habe ich nur schöne Erinnerungen an die Zeit mit ihm.

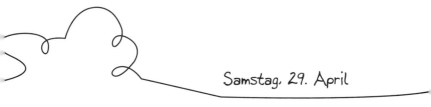

Samstag, 29. April

Ich komme gerade von Tommy. Wir haben zu dritt einen Film geguckt, er, Kat und ich. Die beiden verstehen sich sehr viel besser, seit Tommy versprochen hat, kein Pferdefleisch mehr zu essen, und so tut, als interessiere ihn alles, was Kat uns (zum x-ten Mal) von ihrem Reiterhof erzählt. Sie sind vielleicht noch nicht so weit, zu *bemerken*, dass sie füreinander geschaffen sind, aber im Moment reicht es mir schon, dass meine beiden einzigen Freunde sich einigermaßen verstehen.

21:03

Als ich nach Hause komme, sind alle Lichter aus und nur im Wohnzimmer flackert der Fernseher. Meine Mutter guckt einen Film mit François Blais und scheint zufrieden zu sein (wäre ich schnulzig, würde ich sagen, *sie strahlt vor Glück*). Ich wünsche ihnen einen schönen Abend und gehe in mein Zimmer.

21:05

Ich schlüpfe in meinen Schlafanzug und stecke mir die Hörer meines iPods ins Ohr. Sybil leistet mir im Bett Gesellschaft. Sie sieht mich an, macht »prrrrrrrrruuu« und kommt ganz nah an meine Nase heran, um mir einen Kuss zu geben. Was für ein Glück, dass ich sie habe. Ich werde den ganzen Sommer mit ihr zusammen sein. Und natürlich mit meiner Großmutter. Ich schaue sie mir an (Sybil, nicht meine Großmutter) und kann nicht glauben, wie erwachsen sie innerhalb weniger Monate geworden ist. Ich streiche ihr über Ohren und Nacken und sage mir, dass ich mir ein Beispiel an ihr nehmen sollte. Immerhin werde ich diesen Sommer fünfzehn. Irgendwann muss ich ja erwachsen werden.

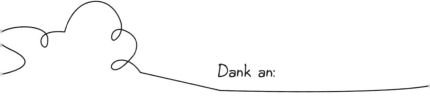

Dank an:

Simon (den ich liebe — M. A. D. W.).

Meine Familie (ihr seid wunderbar): Gi, Mom, Pa, Jean und Patricia.

Meine Freundinnen und Musen (ohne die ich aufgeschmissen wäre): Mel Robitch (und Eric), Mel B., Nath Slight (und Sylvain), Maude-Maude-Maude (und ihr Papa), Inabsolutly, Michou, Ju Black und Emily Jolie.

Den Mitarbeitern meines Verlags Les Intouchables (für ihre Geduld und Unterstützung!): Michel Brûlé, Ingrid Remazeilles, Élyse-Andrée Héroux und Geneviève Nadeau. Josée Tellier (die beste Illustratorin der Welt!!!).

Caroline Allard (die mir geholfen hat, mich noch einmal in die neunte Klasse zurückzuversetzen).

Außerdem: Annie Talbot, Corinne De Vailly, Adraine Houël Annexe communications, Yann Fortier, Catherine Lalonde, Judith Ritchie, Stefie Shock, Catherine Paiement-Paradis, Stéphane Lapointe und Louis-Thomas Pelletier.

Und vor allem dem wunderbaren Menschen, der die Schokolade erfunden hat!!!

Das verdrehte Leben der Amélie

Band 1
Beste Freundinnen

Band 2
Heimlich verliebt

Band 3
Sommerliebe

Band 4
Die Welt steht Kopf

Band 5
Total beliebt

Band 6
Camping, Chaos & ein Kuss

Jeder Band:
Broschur, mit abgerundeten Ecken
und Gummiband-Verschluss
€/D 14,99

kosmos.de   Alle Bücher auch als E-Book erhältlich

KOSMOS

Ein Modemärchen mit Herz und Witz

Sophia Bennett
Modemädchen, Band 1:
Wie Zuckerwatte mit Silberfäden
272 Seiten
Taschenbuch
ISBN 978-3-551-31190-0

Sophia Bennett
Modemädchen, Band 2:
Wie Marshmallows mit Seidenglitzer
320 Seiten
Taschenbuch
ISBN 978-3-551-31292-1

Sophia Bennett
Modemädchen, Band 3:
Wie Sahnewolken mit Blütentaft
336 Seiten
Taschenbuch
ISBN 978-3-551-31334-8

Nonie ist verrückt nach Mode – und liebt ihre schrillen Outfits. Jenny ist auf dem besten Weg zur angesehenen Schauspielerin. Edie will die Welt retten – und hält Mode für oberflächlich. Dann ist da noch Krähe – das Mädchen aus Uganda ist unglaublich talentiert und entwirft atemberaubende Kleider. Doch gemeinsam können die Freundinnen wirklich Großes vollbringen.

www.carlsen.de

Eine Schule im Schloss

Dagmar Hoßfeld
Carlotta, Band 1:
Carlotta - Internat auf Probe
224 Seiten
Taschenbuch
ISBN 978-3-551-31142-9

Carlotta ist gar kein Prinzessinnen-Typ. Wie soll sie es da nur im Internat auf Schloss Prinzensee aushalten? „Nur auf Probe! Und höchstens für ein Jahr!", sagt Carlotta sich. Dann wird ihr Vater seine Weltreise gemacht und seinen Dokumentarfilm gedreht haben und Carlotta kann wieder zu ihm. Aber bis es so weit ist, wird ihr Leben erst einmal ordentlich auf den Kopf gestellt. Im Internat ist man nämlich nie alleine – und muss sein Zimmer mit äußerst merkwürdigen Mädchen teilen.

www.carlsen.de